後宮の男装妃、幽鬼を祓う

佐々木禎子

双葉文庫

後宮の男装妃、幽鬼を祓う

前章

華封の国――南都。

その日、今年十八歳になったばかりのひとりの少女が侍女を伴い後宮の水月宮に輿入れをした。

花嫁の名は――翠蘭という。

くるくると変わる表情がひと目を惹く。見るものすべてに意味を見いだすことを使命とでもしているような明るいまなざし。長い黒髪は大きく高く結われ、髻に飾られているのはいまが盛りの薄紅の桃の花の小枝に珊瑚の簪と金の歩揺。上襦には髪飾りにあわせた桃の花が刺繡され、肩に神仙の羽衣のような帔帛を羽織っている。

立ち姿があまりにもすっきりしているせいなのか、愛らしいというよりは凜々しいという形容詞がよく似合う花嫁であった。

後宮につながる門を通り抜け、翠蘭は歩いていく。

と――。

小さな池のほとりで、何人もの宦官と宮女たちが深刻な顔で池の水を覗き込んでいるのに行き当たった。

「いったいどういうことなのだ。今日の吉日にこのようなことがあってはならない。皇帝に知られたらお叱りを受けるよ。さっさと片付けておしまいなさい」

上位の者が許される紫色の帯をしめた恰幅のいい宦官が、まわりの宦官たちに怒鳴っている。

何人かが慌てたようにしてどこかへと駆けだした。何人かは池に腕をのばして水をかき回している。宮女たちは互いに顔をそむけ「あなたがやりなさいよ」と言い争っている。

「娘娘――おかしなことに関わってはなりませんよ。なにせ今日はお輿入れの初日なのですから」

それまではずっと黙って翠蘭の後ろに控えていた宮女の明明が、思わずというように声をあげた。

けれど――。

「ええ。わかっているわ」

と応じたときにはすでに翠蘭の足は池の宦官たちのほうにまっすぐに進んでいた。

「娘娘っ。あなたは本当に言ったはしから、そうなんだから。わかってましたけど、ええ、わかってましたとも」

翠蘭の背後で明明が嘆息混じり(たんそくま)につぶやく声がした。

わかっているのなら止めなければいいのにと翠蘭は心のなかでだけ思ったが、口には出さない。ひとつ言えば十倍の小言が戻ってくることを知っているから。

近づいてくる翠蘭の姿を認め、池の端に立つ宦官たちが拱手(きょうしゅ)する。

着ているものや装飾品で、上の地位にある女性だと察したのだろう。

翠蘭はそれまで皆がしていたように池の縁に立ち、首をのばして池の水を眺めた。

「……ああ、なるほど」

池に、鯉(こい)が腹を出して浮かんでいる。

皇帝のいらっしゃる後宮に新たな花嫁が輿入れするという吉日のその日、後宮の池で何十匹もの鯉の死骸(しがい)が水面に浮かんでいては不吉すぎる。

片付けなさいと怒鳴りつけるのも当然だ。

「で——死因はなあに」

そうつぶやいた途端、後ろに立っていた明明が息を呑み「まさかですよね。娘娘、本当にまさかですよね!?　触らないでくださいませ。頼みますから」とささやいた。

しかし、そのときにはもうすでに翠蘭はしゃがみ込んで鯉の死骸に手をのばし、触れていた。

ぬるっとした感触は心地いいものではないが、魚とはこういうものだ。

「立派な鯉だこと」

引き寄せ、池の縁に鯉を置く。

どこからどう見ても、死んでいる。鰓も口もぴくりとも動かない。ひっくり返し、しげしげと眺める。硬いうろこが日を弾いててらてらと光っている。赤黒い粘土のような泥が鰓の狭間につまっている。

「娘娘、もういい加減にしてください。さあ、手を清めて、水月宮に参りましょう。寄り道などしている場合ではないですよ……」

明明が涙目になりながらも、傍らに立つ宦官が持つ手桶を奪い、翠蘭の手と鯉に水を勢いよくぶちまけた。

せっかくの美しい装いに、水しぶきがかかる。そういうところは明明もずいぶんと思い切りがよい粗忽者で、結局、翠蘭と明明は似たもの同士の主従なのである。

「ええ。ごめんなさい、明明。わかったわ」

翠蘭はそう返し、自分の頭から桃の小枝を抜き取り、鯉の上にそっと落とす。

「桃は邪気を祓う。池の不浄もきっと祓ってくれることでしょう」

そう——水月宮に昭儀翠蘭が輿入れした日、後宮の池に何十匹もの鯉の死骸が浮かんだのだ。

まだ乙女であった翠蘭の手で池の不浄は清められ、桃の花が邪気を祓った。

これこそが伝説として後世にまで語られる翠蘭という妃嬪(ひひん)の物語のはじまりであった。

1

かつての勇猛な戦いの果てに大陸を制した華封の国、皇帝のおわします南都――。

時代は義宗帝の御代である。

衮龍の袖のもとに守護され、人びとは太平の日々を長く謳歌していた。老いた者たちですら戦を伝聞でしか知らず、子どもたちは安寧なこの暮らしを当然のものとして受け取って育った。

この大地を削るのは豊饒なる大河。

そして大地のはしばしまで富を送り届けるのもまた、大河とその隷である分流であった。

大陸のあらゆるものは大河の流れを通じて華封国へと集結し、船の荷となって数多の国に渡っていく。

――いまここにいる私もまた積み荷のひとつ。

遠い山奥の泰州から後宮に届けられる花嫁という積み荷だ。

そう思いながら、翠蘭は船の縁をつかみ身を乗りだして川面を覗く。鮮やかな紅裙の裾を蹴り上げるようにしてつま先立ちし、船縁に上半身を押しつける。

うららかな春の朝であった。

玉を溶かし込んだかのように川面がきらきらと輝き、波が立っている。船は、朱に塗られた虹橋の下を何度もくぐり抜ける。虹橋は名前のとおりに虹の形をしたゆるく反り返った橋で、驚くことに橋の上にはたくさんの露店が並び、通過する人びとに商いをしているのだ。

橋の上まで賑わっているだなんてと、翠蘭は橋をくぐり抜けるたびにあっけに取られて頭上を見る。

ずっと山奥で老師と侍女の明明とたった三人で暮らしてきた翠蘭は都というものを知らない。

はじめて訪れた南都は、翠蘭の想像を遥かにこえて栄えていた。

と――。

「翠蘭娘娘っ。船から落ちたらどうするのですかっ」

走り寄って翠蘭の腰にしがみついて叫んだのは、翠蘭に付き従ってくれている明明だ。彼女は宮女として、後宮の妃嬪となる翠蘭のもとで働くことになっている。

翠蘭はくるりと振り返り笑顔で応じた。

「泳いで岸にいくわ」

「おやめください。娘娘にはできても私は無理です。私にできないことはなさらないって約束なさいましたよね？」

「そんな約束したかしら……」

「しましたよっ」

明明は切れ長の大きな目をさらにきっとつり上げて翠蘭を睨んだ。襟元と袖に金の縁取りを入れた川蝉の羽の色に似た緑の襦裙が、白い肌によく映える。口さえ開かなければ、楚々とした美女である。

翠蘭より三つ年上のこの宮女は自らを翠蘭の姉がわりと自認している節がある。

幼いときから翠蘭は彼女と共に過ごし、明明の「危ないことはしないでください」という叱責を聞きながら、成長してきた。野山を駆けて怪我や痣をこさえて帰ってくるたびに、明明が手当てをしてくれた。山での日々はおおむね楽しいものだったが、それでもときどきは意味なく寂しく胸がふさぐ夜もあった。そんな暗い夜は明明が翠蘭を抱きしめてくれた。

いまにして思えば——年上といってもたった三歳しか違わないのだ。明明にだって泣きたい夜はあっただろう。体調の悪いときもあっただろう。でも明明はいつでも自分の痛みより翠蘭の痛みと孤独を和らげることを優先し、抱擁してくれた。

だから翠蘭は明明には頭が上がらない。

そもそも翠蘭は口で明明に勝ったことはないのである。おそらくそのせいで翠蘭は思ったまま身体を動かす癖がついた。止められる前に動けが翠蘭の信条だ。動いたあとで小言を聞く。

「してないわよ。私、守れそうもない約束はしないもの」

約束については思いあたることがないから、首を傾げてとりあえず言い返してみた。

「後宮でなにがあっても私のことを見捨てないって約束してくださったじゃないですか」

「その約束は覚えてる。けど、見捨てないってことと、明明のできないことはしないってことはまったく違うわよね」

「私にとっては同じです」

「明明の同じは幅が広すぎる」

「そんなことはないです。実際、もし娘娘が船から落ちたなら私はそれを理由に杖刑になります。輿入れ前の花嫁を船から落とすとは何事か、おまえはなにをしていたんだって言われます。つまりそうなると私、娘娘に見捨てられたってことになりません？」

「それは……そうかも」

翠蘭はそんなことになっても明明を見捨てはしないが、明明が責任を問われる事態となりそうである。

うなずくと、

「ほら」

明明がつんと顎を持ち上げた。彼女は翠蘭を言い負かしたとき、いつも無意識に胸を張る。自分のほうがなんでもよく知っているんだからねと、念を押すように。

「でもね、明明。私の身体はこの船に乗ったときから、私自身のものじゃなくなっていると思うのよ。恐れ多くも後宮の十八嬪の昭儀の地位を授かり水月宮をいただく妃嬪のひとりとなったのですもの。私のこのすべては陛下のもの」

翠蘭は両手で我が身をかき抱くようにしておおげさな言い方でそう告げた。

おおげさに言わないと、やっていられないと思っていたので。

後宮とは皇帝が生活を営む場所であり、また皇后以下、妃嬪が暮らす場所でもある。

后妃にはそれぞれに地位があり、いちばん位が高いのは皇后。そしてその下に四夫人。さらにその下に十八嬪。それだけではなくまださらに下に世婦がいる。

翠蘭は、十八嬪のうちの昭儀の地位を与えられ——いずれ皇帝の子を腹に宿すかもしれない大切な身体、その身体ゆめゆめおろそかにすることなかれと——噛んで含めるように何度も親族たちに言われて、泰州を出てきたのだ。

「だから船から落ちたら、不注意な私自身こそが〝陛下の名の下に〟罰せられるんじゃないかしら。そっちのほうが筋が通っていると思うの。もし万が一ここから落ちたら、ちゃんと私はそう申し立てて自分で刑を受ける。明明には迷惑かけないし指一本触れさせないわ。そこだけは安心して」

そう続けると明明は唇をぎゅっと噛みしめて、ひどく悲しげな顔をした。

翠蘭は――不吉のしるしとされる双子の片割れだ。

この時代の華封国では、双子の妹や弟は生まれ落ちたその日に誕生を祝われることなく間引かれるもの。けれど翠蘭の母にはそれができなかった。真っ赤な顔をして必死に泣いている翠蘭の顔を見たら、愛おしくて、乳を含ませてしまったのだというのは後から翠蘭が聞いた話だ。そして母を心から愛していた父は「この子のことも助けて欲しい」と懇願する母に、つい、うなずいてしまったのだという。

けれど、親族たちは翠蘭が育つことを許してはくれなかった。

最終的に、父は母の手から翠蘭を奪い取り――山奥で暮らす老人のもとに預けることにしたのであった。地方の泰州で大きな商いをしている両親は、相応に地位があり財も蓄えていた。が、翠蘭が思うに感覚がちょっと一般的な人たちとは、ずれていた。

翠蘭の命を救って預けるにしても、普通なら、山奥でひとりで暮らしている武の鍛錬にしか興味のない偏屈な老師には預けないと思うのだ。もっと子育てに向いている相手に託すはずだ。しかも両親は翠蘭だけではなく三歳年上の明明を、翠蘭の世話係にと買い上げて、ふたりそろって老師に預けたのである。

それまで妻を娶ることもなく、当然ながら子を育てた経験もない老師――于仙は翠蘭の両親の頼みにひどく困惑したそうである。その日まで于仙を訪ね山にやって来るのは武術や妖術の修練を願う筋肉質の男たちだけだったのに、唐突に、生まれたての赤子と三歳の幼児を連れて「頼む」と請われたのだから、何事だと思うのも当然だ。

が、酔狂なことに于仙は翠蘭の両親の頼みを引き受けたのだ。

やったことがないことをしてみたかったからとは、于仙の言である。そのうえで于仙はこの話をするときは常に「だが、安易に引き受けたことを一日後には悔やんでいた。子を育てることは、まこと、ままならぬ。とても大変なものであった」と優しい顔で続けるのだ。

于仙はあらゆることで厳しい男であったが、ふたりを見つめるまなざしだけはいつだって慈愛に満ちたものであった。

翠蘭と明明は、だから、于仙の育児の苦労話のあれこれを聞くのが、心底楽しく、好きだった。

老師の教育の方針はただひとつ――「死ななければ生きる」。

そんなわけで翠蘭は師に憧れて武術の鍛錬と軍略の研究にあけくれる娘となり、明明はそんな老師と翠蘭の無茶を叱りとばしながら家事をやってのける有能な跳ねっ返りの娘となった。

ふたりして、両親のことも、親族のことも、なにも知らないで生きてきたのだ。

世界にあるのは山と空だけで、日常的に語りあえる人間はたった三人。

老師と翠蘭と明明だけ。

たまに山を訪れる者もいるが、それは武器商人や薬師に軍師、あるいは武術を極めるために于仙に修行を願う荒くれ者や武骨な男たちであった。

もちろん山をおりて里にいけば、もっとたくさんの人間がいることは知っていた。村があって、街があり、都というものがあるのも于仙から与えられた書物で読んでわかっていた。于仙の手元には貴重な軍略本から物語、科挙試験のための問題集など、たくさんの書物が集まっていた。訪れる人びとのなかには話術が巧みな者も多く、おもしろおかしく外の様子を語ってくれていたから。

だからといって翠蘭たちは、別に外に出たいと願うこともなくすくすくと育ち――。

なのに、いきなり「後宮に嫁げ」と、そういうことになったのである。

ある日、都からやって来た役人が、翠蘭の真の両親のもとを訪れて「娘を後宮に差しだせ」と言ったのだそうだ。

現状では、今上帝の御子の数が少なすぎる。とりわけ男子がひとりもおらず困っている。ついては後宮の妃嬪を増員せねばならない。泰州からも後宮に娘をひとり入れねばならぬ。それなりの家で育った、教養のある見目美しい年頃の娘を差しだせ。

張家にはそういう娘がいると聞いてきた。張翠玉という娘は、たいそう美しい十八歳の未婚の娘だというじゃないか。近隣のどこの村でも、張翠玉が後宮にはふさわしいとみんなが言った、と。

張翠玉とは、翠蘭の双子の姉である。

——はじめは、翠蘭ではなく、双子の姉の翠玉に白羽の矢が立ったのだ。

しかし、そのときになって父親と親族たちは「そういえば同じ顔で、同じ家の出身の娘がもうひとりいたじゃないか」と翠蘭のことを思いだしたらしい。

火急の知らせが両親から于仙と暮らす山にやってきて——こういうわけだから翠玉のかわりに嫁にいって欲しいという内容の手紙を読んで「なにをいまさら」と憤ったのは明明だった。

が、翠蘭と老師は「親が請うなら、そうしなければなるまい」と思ったのである。儒教の教えでは親は絶対。うやまわなくてはならない存在だ。

それに、この申し出を受けたなら、輿入れの前に翠蘭は両親や双子の姉と会うことができると手紙にはしるされていた。

その一文を読んだとき、翠蘭は一瞬だけ、迷ってしまった。

すぐに断ることができなかった。

だから、なのだろう——于仙が「本物の親と姉をひと目見てみたいと思うのは、普通のことだ。会いたいのならば会っておいで。その後、やっぱり山に戻りたいと思ったら戻ってくるといい。ここはおまえのもうひとつの家で、ふるさとだ」と静かに告げた。

そうやって背中を押されて本物の家族に会ってみて——双子の姉の翠玉は自分に顔こそそっくりだが、虚弱で病がちな女性だった。たおやかで優しくて、なにかというとすぐ同情して涙ぐむ、虫一匹殺せない人だった。足が小さいことは美女の条件という考えに倣い、纏足された小さな足を持ち、近所を歩くことすら四苦八苦して輿を使うそんな女性。

どう見ても姉の翠玉は長旅にも後宮での暮らしにも耐えられそうにない。

しみじみとそう理解してしまって——。

結局、翠蘭は自分の真の家族たちとしばしの時間を過ごして後、姉の身代わりに後宮にいく道を選んだのである。

切ない顔で無言になった明明に、翠蘭もまたしょんぼりと肩を落とす。

ぼんやりとここまでの来し方を思い返してみれば、黙るしかない。本物の親より自分をかわいがってくれていた于仙と、本物の姉よりずっと自分のことを知ってくれている明明がいるのに、家族に会ってみたいと願ったのは翠蘭だ。

——両親も姉も、嫌な人たちではなかったわ。

優しい人たちだったし、母と姉は翠蘭に泣いて謝罪をしてくれた。

でも、それだけだ。翠蘭は真の家族に会ってみて、はっきりとわかった。于仙こそが翠蘭にとっては本物の保護者であり、明明こそが翠蘭の姉だ。

血のつながりではなく、共に過ごした時間の長さが、家族を作る。少なくとも、翠蘭にとっては。

そして、家族だから——明明は後宮に入る必要なんてなかったのに、翠蘭に仕える宮女として一緒に来ることを選んでくれた。

見つめあうふたりのあいだを春の風が通り抜ける。

「娘娘……」

明明が翠蘭の肩にそっと手を置いて呼びかけた。

「娘娘の身体は娘娘のものです。たとえ後宮に入ろうとも、心も身体もあなた自身のもの。陛下のもののわけがない」

小声であった。

明明はそう言ってから用心深く左右を見渡す。誰かに聞かれたら大変だとわかっても口にする。これは宮女としての明明ではなく〝優しい姉〟の明明からの助言である。

「……そうよね。私の身体は私のものだわ。明明にそう断言されると迷いが消える。この、そそこかわいい顔を武器にして、幸せを勝ち取ってみせる。まずは後宮の裏の実力者である皇后のご寵愛を得て、それから必要ならば陛下にもとりいりましょう」

きっぱりと言ったら明明が「娘娘っ、なんてことを」と目を丸くする。

――とにかく私は後宮に入ることを断らなかったんだもの。明明にこんな顔をさせちゃだめよ。

「無理だと思う？　後宮入りが決まってからずっと、古傷には高価な薬を塗布してもらって、武の鍛錬でできた手のひらの胼胝（たこ）は削られて、肌も髪もぴかぴかに磨かれてきたのよ？　見た目はそこそこ整ったはず」

「それでも娘娘は毎日寝る前に道具を使わずに腹筋や腕や足の力を鍛（きた）える運動をしてますし、おかげでこれまで以上に全身にしなやかな筋肉がついて、相反して胸の膨らみがさらに乏（とぼ）しくなっておりますが？」

そんなことを全力で言われても。

うなだれてみせたら明明が笑ってくれたから、翠蘭は続けて語る。

「私、後宮って女同士の争いの場だって聞いたのよ。争い事については実はちょっと自信がある。武闘では于仙にしか負けなかったし、口喧嘩（くちげんか）では明明にしか負けてないし……。なので後宮でも相手の拳（こぶし）を正々堂々と受け止め、叩きのめすことも辞さない」

「辞してくださいっ。あと娘娘の想像している女同士の争いと、実際の女同士の争いとたぶん根本的に違うはずです」

即答だ。

「そうなの？　後宮には宦官と女官がたくさんいて、賄賂を送ることで物事がうまく回っているとも聞いたわ。賄賂のための銅銭をつめた小袋も荷物に入れたから、備えは完璧。力で勝てないときは金で勝つ！」

　ぐっと拳を握って言う。

「誰ですか。娘娘にそんなどうしようもない知識を与えたのはっ」

「嫁にいくまでに顔を見にきたいって会いに来た親戚の叔父さんたちが」

「娘娘の親戚にこんなこと言うのあれですが、ろくな親戚じゃないですね……」

　明明はそう毒づいてから「でも」と続けた。

「でも、親戚には文句ありますけど、娘娘だけはちゃんとした人なの知ってますよ。あなたはね、于仙に育てられたまっとうな人」

「うん。明明もね」

　――私たちは血はつながっていなくても姉妹だから。

「どこに出ていっても怯むことのない度胸の良さと丈夫な身体が娘娘の武器で、なにを言われてもまったくへこたれないし聞き入れようとしない頑固さは防具でしょうね。戦って勝ちを取りにいかなくても、平和にのんびりと幸せに過ごせればそれでいいじゃないですか。目立たないように過ごしましょう？」

　吹きつける風がどこからともなく桃の花びらを運び、明明の髪にふわりと落とす。つまみ上げようかと指をのばしたが、桃の花びらは明明の可憐な美を引き立てていると思い直して、手を引いた。

「なんですか」

明明が不審げな顔で問いかけた。

「なにが？」

「いま、なにかしかけて、やめましたよね」

「風にのって髪に落ちた花びらを、取ろうかと思ってやめたの。似合っていたから。でも──そうね。明明の美しさには桃の花びらじゃ足りないわ。こっちのほうがいいかしら」

翠蘭は自分の頭から珊瑚の簪をひとつ引き抜いて、明明の髪に挿す。頭が重たいのではと思うくらい飾りがついている。簪のひとつを抜いたところで、かまわないはず。

「……っ。いけません。これは娘娘のものですよ」

「後宮で働く宮女もまた陛下のものとなるって聞いているわ。だったら明明も装わなくては。もしかしたら私じゃなく明明のほうが皇帝の寵愛を得てしまったりするかもね」

「……っ」

「明明の美しさにはきっとみんなすぐ気づく。ただ、明明の優しさやかわいらしいところを、私がひとりじめできなくなっちゃうのは、ちょっとしゃく」

少し身体を引いて眺めながら言うと、褒められた明明の頬がわずかに朱に染まった。

「娘娘はいつもそういうことをしれっとして言うっ。美しいとか綺麗とか優しいとかかわいいとかっ」

そして言われた明明はいつもこんなふうに頰を染めるのだ。

「私、正直なだけよ」

明明の清楚な美しさに、珊瑚の赤は俗に過ぎるかもしれない。もっと似合うものがあるはずだけどと、翠蘭は首を傾げて考え込む。

明明が挿された簪に手を添えて、

「私に似合うのは珊瑚ではなく翡翠ですよ。あんなにおしゃれの仕方を教わってきたのに、ちっとも身についてないんだから。これはお返しします」

と照れ隠しなのか、そっけなく言う。

たしかに明明には涼しげな翡翠の玉のほうが似合うだろう。いまの装いにもそちらのほうが合うはずだ。

「ごめん」

「いいえ」

明明の前に素直に頭を垂れる。明明が柔らかい動きで翠蘭の頭に簪を戻す。あとで荷物のなかから翡翠の簪を探して明明に渡さなくては。

顔を上げ、翠蘭は口を開く。

「ねぇ、明明、さっきの話」

「なんですか」

「大丈夫だから。——私は、落ちない。上がるかどうかはわからないけれど、どこからも落ちたりしないから」

船から落ちるかどうかだけの話ではない。

どんなときでもと、その思いを込めて告げる。

「はい。それでももし落ちる日がくるなら、私を置いていかないでくださいね」

伝えた言葉の意味をわかったうえで、彼女はもしそんなときがきたら、一緒に落ちようと返してくれる。

泣きそうになって、翠蘭は、明明の肩を抱き寄せぎゅっと抱え込んだ。

「うん。じゃあそのときは、私が泳げないあなたを岸まで引っ張っていく。それで、やっぱり、杖刑は私があなたのかわりに倍、受ける」

「やめてくださいよっ。娘娘が言うとしゃれにならないんですから。あなたは言ったことはいつも成し遂げる人だから」

明明はものすごく嫌そうな顔をした。

「成し遂げられないこともあるわよ。でも、そんなことどうでもいいじゃない。……ねぇ、隣に立って一緒に見てよ。ここから見る景色がとても綺麗なんだもの」

明明の頬に頬を寄り添わせ背中を押す。岸辺へと視線を向けると耳元で金の歩揺がしゃらりと鳴った。

明明は「まったくあなたときたら」と口を尖らしながらも、うながされるままにあたりを眺めた。

無言になった明明に翠蘭が言う。

「ね、綺麗でしょう？」

南都では城壁をうがって川が流れている。

陸の道ではなく運河という水の道で交易を行って栄えてきた国であるがゆえ、川を活かして都と城を作った結果だ。

おそらくそろそろ旅路の終わり。

丹陽城はもうじきだ。

京城に近づくにつれ川の両岸がものものしく飾りたてられ、州橋付近ともなれば岸に重ねられた石には技巧をこらした飛雲と龍の細工がほどこされている。

川縁に植えられた桃の花が咲き誇り淡い霞となってたなびいている。川面に三角の波が立つ。商品を載せた小さな船が行き交って川の中ほどで売り買いをしている。どこからともなく管弦の調べが流れ誰とも知れない若い女性が興に乗ったのか広袖を揺らして舞っている。

「ええ。綺麗ですわ。これが龍の血を継ぐ帝がお守りになる南都……」

明明が目を見張り、吐息と共につぶやいた。

「血に濡れた都という昔話からは想像できないよね」

翠蘭が言うと明明は「娘娘っ。またそういう怖ろしいことをおっしゃる」ととがめるように睨みつけた。

南都は百五十年前の戦で数多の民びとの血を吸って——以来、華封の国の皇帝は流された血に呪われていると伝えられていた。

という昔話は、半分が真実の歴史なのであることを、華封の民は知っている。


華封の南の国境は計丹国（けいたんこく）と夏往国（かおうこく）に接している。西の国境は理王朝（りおうちょう）と神国（しんこく）。そういった列強の大国に追いつめられるかのように東へと国を広げていったのが華封の国のはじまりで——おかげで華封国は常に国境沿いでつばぜりあいをくり広げ、長い歴史をつむいできた。

華封が戦うのは隣りあうすべての国。

他国が標的とするのは華封の国のみ。

華封の国は龍の血を引く皇帝の名の下に団結し、なかなか他国に屈することはなかったのだそうだ。とにかく華封の国は運河に導かれ経済力に恵まれ、武も強かった。

そんな華封の国境が破られたのは、いまから百五十年ほど前のことになる。

そのとき——華封はとうとう夏往国に負けたのだった。

しかし戦いで勝利を得たものの、夏往国も無傷ではなかった。疲弊した夏往国は、他国との外交という名の睨み合いのすえ、勝利の証として華封の後宮の后たちと子女、政を執り行っていた官僚たちと武に巧みな将軍たちを自国へと連れ去り刃の露とした。

ここまではよくある話だ。

が、夏往国はどうしてか、華封の当時の皇帝だけは生かしたのであった。

通常ならばその後、夏往国は華封国に自国の旗を立てるところだ。けれど夏往国はそれも選択しなかった。

おかげで戦に負けたのに、華封の国の名は残ったのである。

そして南都の丹陽城に皇帝ただひとりを置いた。

ついで、夏往国は自国の貴族の娘を華封国へと送りだし、華封の皇帝とめあわせ皇后の座につけた。

嫁いできた夏往国の皇后はとても有能で、皇帝を押さえつけて上に立ち、経済と政の仕組みを整えていった。

結果として——華封の民は知ってしまった。

場所があり、人がいれば、国は続くのだ——皇帝の一族が不在となろうとも。

商家が残れば商いは続く。船宿と船乗り、船が残ったから運河を経て貿易も続く。民は荒れた畑を耕し実りがあれば収穫する。生活というのは皇帝がいなくてもなりたつ。秩序を作るのは誰でもいいのだ。

以来、華封の国の皇后は常に夏往国の貴族の娘と決まっている。

そのうえで後宮に他の女たちを入れるようになったのは先代の皇帝からだ。

ただし、生まれた御子はすべて幼い頃より夏往国に人質として差しだされ隣国で教育を受ける。その後に、夏往国が「この者を華封の皇帝とする」と決めた者が南都へと戻されるのだ。

実質、いまの華封国は夏往国の属国なのであった。

皇帝は、龍の血を継ぐ一族の末裔として丹陽城に居住することを許された。が、すべての実権は皇帝ではなく夏往国から嫁いできた皇后にあることは、皇帝だけではなく、民のみんなが知っている。

とにかく戦に負けて百五十年の時を経て、広い国土の遠い地で暮らす人びとにとって、皇帝はいてもいなくても同じもので、生涯会うことのない幻に似たなにかに変化していた。皇帝がどんな性格であろうと、自分たちの暮らしが平穏であればどうでもいいし、関係がない。

人民は、皇帝と彼に添い遂げる妃嬪たちの生涯が、平和のために隣国の夏往国に贄（にえ）として捧げられることを良しとした。

だから——後宮に娘を送りだすことは地方の豪農や商家にとっては名誉でもなんでもないが、それでも果たさねばならない国民の義務なのであった。

とはいえ、翠蘭も、自分が後宮に入ることにならなければ、南都が「誰の」犠牲と血のうえに成り立つ都かなんて深く考えることはなかっただろう。

「ごめん。船を下りたらもうこういうことは言わないわ」

翠蘭が小声で言う。真実だからこそ、言ってはならないことがこの世にはある。

「下りる前から気をつけておかないと、うっかり口に出してしまうものです。めったなことは口に出してはなりませんよ」

「ええ」

顔を見合わせ、互いに諦めた顔で笑う。

——この国で、後宮に嫁ぐというのは光栄なことでも栄華につながることでもない。

むしろこれは貧乏くじ。

翠蘭は明明から離れ、船縁に頬杖をついてあたりを眺めて、つぶやいた。

「それにしてもすごい都よね」

破れかぶれに広げていったみたいな独特の形をしているのが船の上からも見てとれた。

土地が平らだから背の高い城壁がどこからでも見えるようになっている。城門の側、壁の側に街が栄えて――その街を守るためにさらに壁を作ってのばしていったのだろう。

「夜になると閉じる城門の側で、翌朝一番に入るために野宿する人たちが後を絶たなかったのかもしれない。人がたくさんいるなら、商いがはじまるわよね。食べ物屋も開く。いつのまにか市が立ち、街になったってところかしら」

おそらくは野放図に広げた無計画な都。

街のなかに作られた道はどれも細く、狭い。

「はあ……そうかもですね」

明明はいかにも興味なさそうにしてうなずいた。

「私、東の水門から西の水門に至るまで、橋の数をかぞえてきたのよ。さて、問題です。いくつの橋をくぐったでしょうか」

「知りませんよ」

そっけなく言われ、苦笑する。

翠蘭は橋をくぐるたびに、ひとつ、ふたつと数え、城の形や川の形に流れの早さを見てきたのだけれど、明明にとってはそういうことはまったくどうでもいいことなのだ。

返事がないので自分で答えを明かした。

「ここに来るまで十二の橋をくぐったわ」

「あら、ということは」

「そう。次が州橋」

州橋は、十三番めの橋の名である。

その橋のたもとの船着き場で下りるのだと、事前に教わっていた。

川の水は州橋を過ぎてから二つに分かれ、支流は後宮のなかを西南に流れて紫宸殿横の池に注ぎ込む。

明明がしゅっと背をのばし、目を細め、少し離れて翠蘭の姿を上から下まで眺めてから、翠蘭の髪飾りにいま一度触れ、髪型を整えた。

紅が剝げかけていたのだろう。懐から紅の入った貝殻の容器を取りだし指で中身を掬い、翠蘭の唇に色をのせる。

化粧を直されながら、翠蘭は近づいてくる岸辺を見ていた。

「そろそろ私たちの旅も終わりね」

つぶやいたのと同時に、州橋のたもとの船着き場に船が止まる。

すると——到着と同時に、船着き場にいた楽団が音楽を奏ではじめた。

目を丸くしつつ翠蘭は明明を伴って船着き場に渡された板を使って船を下りる。

供は明明ひとりだけ。

下りてくる翠蘭たちの姿を認め、緑の帯をしめた宦官がひとり小走りで近づいていきなり手を地面につけて額を打ちつけ叩頭した。

「奴才、翠蘭娘娘に申し上げます。遠く泰州より南都にいらっしゃいましたことに万謝いたします。これより、奴才が翠蘭娘娘のお側にお仕えさせていただきたく、どうぞご許可を賜ればと願います」

「え……」

翠蘭は絶句したまま、動けなかった。

ひざまずいて額を地面につけ、宦官はどうやら翠蘭の言葉を待っている。

「許可いたします。どうぞ顔をあげてください」

「ありがとうございます」

ゆっくりと立ち上がる宦官の顔はまだあどけなさを残し、つるりと白い。襟の広い短い袍からのびる首までもが白くまっすぐだ。しかし喉仏がないからといっても、女性というわけでもない。宦官は、さまざまな理由で性を捨てた、男でも女でもない浄身だ。

「名前はなんというのですか」

宦官になるのは罪人、あるいは食べていくことができず親に売られたり、捨てられたりした者である。見た目の幼さからすると目の前の宦官は後者なのかもしれない。

「李雪英と申します」

拱手して応じる雪英に、翠蘭は己に似た過去を透かし見た。幼いときになんらかの事情で親に捨てられた子のなれの果て。いくつなのだろうか。自分たちより年上とも思えないが、宦官は若い時分はなかなか年を取らないとなにかの記録で読んだ気がする。

どちらにしても、苦労をしてきたことだけはたしかだろう。

雪英の言葉にあわせ、立派な輿を取り巻いていた青い官服を身につけた男たちが一斉に翠蘭に向かって拱手した。

州橋の船着き場には、下りてすぐに皇居へとつながる道がある。

翠蘭は雉の羽根と春の花で飾られた花嫁の輿に乗り、その道を進んだ。

船着き場である赤く塗られた虹橋のたもとから宮城の順貞門までを、花嫁の輿は隊列を組んでゆるゆると進行する。

先頭に立つのは笙や鼓、銅鑼を手にした楽団だ。言祝ぐ楽曲を奏でながら練り歩くその後ろを武器を手にした儀仗がついていく。

順貞門で輿が止まり、担ぎ手が男たちから宦官に代わった。翠蘭は宦官たちと共に婚礼の門またぎの儀式を執り行う。

花嫁は婚家の門を通過するとき、地面を踏んではならないのだ。ではどうするかというと、そのために作られた青く長い絨毯が敷かれ、その上を歩く。

──歩いちゃだめなら輿に乗ったまま門を通過してもよくない？

翠蘭の疑問はもっともなものだと思うのだが、こういった疑問を口にしてもまっとうな返事は期待できないことを翠蘭は両親と一緒に暮らした三ヶ月ほどで学んでいた。伝統なんだからそうしておけとか、神事なんだから破ってはならないとか、理屈にあわない答えしか引き出せない。

だから無言で従った。

このためだけに作られたらしい綺麗な絨毯を踏みつけて、門をこえてしまえば、そこからはもう後宮だ。男たちはこの門をくぐれない。

無自覚にくるりと後ろを振り返る。

朱色に塗られた順貞門の向こう側──まっすぐに進む道と、道沿いに並ぶさまざまな店。行き交う人びとの頭の形もさまざまで、弁髪や蓬髪の男たち──。

遠くを眺める翠蘭の足下で、ひざまずいた雪英の手によって、青い絨毯がするすると巻かれ、しまわれた。それが思いのほか翠蘭の胸にどすんと響いた。

外への道が、いま、目の前で消えてしまった。

皇帝の許可がなければもう二度とここを出られない。

わずかのあいだ翠蘭は呆然としていたようだ。

「翠蘭娘娘、あらためて花嫁の輿にお乗りくださいませ。後宮は翠蘭さまが思っていらっしゃるよりずっと広いのです」

雪英に声をかけられ翠蘭ははっと我に返る。

「輿には乗らない。歩くわ」

翠蘭が返す。

雪英はとまどった顔をしたが、無言でかしこまり、両手をそろえて拱手した。

そのまま宦官特有のわずかに前屈みになり歩幅を狭めた歩き方で翠蘭の前に立った。おそらく先触れの役目をつとめようとしてくれているのだろう。

雪英にとって翠蘭の言葉は絶対で、理由を問うこともなくただ従う。

後宮の妃嬪と、彼女に仕える宦官という関係なのだから、当然のことなのだろう。

それでも翠蘭は、なにも言い返すことなく、問いかけることもなく、翠蘭に向けられた雪英の背中に寂しさと不安を覚えた。

どうやら自分と雪英は、対等ではないのだと感じられて。

——このあいだまでの私は何者でもないただの翠蘭だったのに、いまの私は後宮の妃嬪のひとりなのだわ。

翠蘭はちらりと後ろを見る。

明明は宮女だけれど、翠蘭にあれこれともの申す。そしていまは口は閉じているけれど「よけいなことはしないでくださいよ」とまなざしで釘を刺している。

明明が翠蘭を牽制（けんせい）しているのが伝わってきて――翠蘭はそのことに安心する。

少なくとも明明だけは、等身大の翠蘭のことを知ってくれている。

だから――。

「待って」

気づけば翠蘭はそう言葉を発していた。

おそらく明明は逆のことを望んでいたのはわかっているのだけれど。黙って、雪英に先触れを頼んで後ろについていけと無言でうながしていたのだろうけれど。

「はい」

雪英が立ち止まる。

「あなたの親切をむげにするわけじゃない。あなたが教えてくれた通り、後宮は私が思い描いていたよりずっと広い。輿に乗って人に担がれて移動しているだけでは覚えることができそうにない気がしたの。それで自分の足で歩きたいって言ったのよ」

「…………」

振り返った雪英は困ったような顔をして、再び拱手した。

「それから、私に仕えてくれるなら、先触れはしなくてもいいわ。私はいつでも好きに歩きたいし、人払いをしてもらう必要はないの」

「はい」

「わからないことがあったらあなたに聞くのでいいかしら?」

「奴才でお役に立つことができるかは不安ですが精一杯つとめさせていただきます」

思っていた答えと少しだけ違う。別に精一杯つとめてなんて欲しくはないのに。

「そう。ありがとう。それから、もうひとつ一番大事なお願いがあるの。雪英、あなたは私が間違っていたら、それを正して。私が願うことが理解できないときは私に理由を問いかけて。私もあなたに同じことをする」

「……はい」

雪英は眉をわずかにひそめ静かに頭を下げたが――どちらにしろ雪英の立場であればきっと翠蘭の言葉に異を唱えたりはできないのだから「はい」と言うしかないのだろう。

それでも自分の願いを伝えたいと思うのは、たぶん翠蘭のわがままだ。

宦官たちが翠蘭の嫁入りの荷物を運んでいく。宦官たちは誰もみんな歩幅の狭い小走りで、生き急いででもいるかのよう。

その後ろで、翠蘭と明明と雪英は宦官たちから少し離れてゆっくりと歩きだした。

後宮は皇帝と女たちと宦官が暮らす小さな街のようなもの。外には深い堀があり、高い城壁があたりを取り巻いている。

女たちは決して外に出ることはかなわないというのだけが特殊だが、ここは閉鎖された便利な〝街〟だ。

正門のすぐ側の楼にはどうやら刻漏があるようで時刻に合わせて銅鑼が鳴る。

観察しながら見ていくと、広い道を宦官たちがあらゆる物資を抱えて行き来している。

翠蘭が生まれてはじめて見る果実などの食料品に、豪華な装飾品、それから医療品のようなものも宦官たちは列を作って運んでいる。人が生きていくのに必要なものはなんでもあるのだろう。

そうして——。

翠蘭たちは途中で池に浮かんだ死んだ鯉などを眺めることになりつつも、与えられた水月宮に辿りついた。

水月宮は、池のあった御花園から西にわかれた先にある塀に囲まれた殿舎であった。朱塗りの門に金の鋲。瑠璃色の瓦の屋根が豪華で美しい。翠蘭がこれまで暮らしていた山奥の家がそのまま二十軒以上は入るくらいに広い。

ちなみに華封の後宮では、西より東の宮のほうが妃嬪の地位が高いとされている。また、皇帝が日々を過ごす乾清宮に近い宮が帝の寵愛が深いらしい。

なので翠蘭と明明は、自分たちの足で歩いて水月宮についてその位置を把握してすぐに、顔を見合わせ、うなずきあった。

水月宮は、地位が低く、かつ、乾清宮から遠い場所にある。

つまり、いまの翠蘭は地位も低いし帝の覚えもめでたくはない。そもそも翠蘭はいまだ帝に会っていないので、覚えてもらえるわけがないのだけれど。

「なるほど。この位置」

翠蘭のつぶやきに、明明がまなざしだけで「黙って」と制止する。

そうやっているあいだにも水月宮には輿入れの荷物が次々と宦官たちの手によって運び込まれていた。後宮のなかに、調べもせずに荷物を運び込むわけにはいかないらしいと聞いていたので、大切なものは翠蘭が発つより先に送りつけて事前に調べてもらっていた。

「夜までに大事なものを全部片付けておきたいわよね」

翠蘭は帔帛を肩からはずし、背に雲の形の透かし彫りを入れ絹を張った長椅子に放り投げる。妃嬪らしからぬ乱雑なふるまいだったせいだろうか。雪英が目を丸くしている。

「そうですね。家具はあらかじめ送りつけて運び入れてもらってますからそこまで大きなものはないはず……なんですけど……。なんでこんなに大きな箱ばかりあるのかしら。おかしいわね。私が荷造りをしたときはこんなものはなかった気がするけど」

明明が、ぶつぶつとつぶやきながら翠蘭の背丈より大きな長い箱のひとつを開け――。

「あ」

と、ひと声漏らし、ゆっくりと翠蘭へと視線を向ける。

「娘娘、あなた、やってくれましたね」

開いた荷物のなかから出てきたのは――槍である。

「……槍」

雪英が開いた中身をのぞき込み、思わずというようにつぶやいている。

「いい槍でしょう？　高価なものじゃないし、銘があるわけでもないの。でも私の手になじんでてとても振り回しやすいのよ」

説明をしたら雪英が「なじんで……」とくり返していた。呑み込みがたいものを見聞きしているような、困惑の表情を浮かべ、翠蘭と明明と槍とを何度も見比べている。

「ほら、槍に限らず手習い用と、そこそこ慣れてきてから用と、実戦用って目的によって使いわけるでしょう？　これは私の背丈の成長が止まった頃からずっと愛用している一本なの」

柄の、握りしめる部分が翠蘭の汗を吸い取って黒ずんでいる。どれだけこの槍で山の猪に挑んだことか。忘れられない武器のひとつだ。

「……雪英さん」

明明が沈んだ声で雪英の名を呼び、告げた。

「翠蘭娘娘の趣味は武器集めなのです」

げっそりとした表情の明明に、雪英が目を丸くして「そうなのですか」と、うなずいていた。

夜になった。

水月宮にはやたらと部屋がある。そう思うのは、翠蘭が山の狭い家で暮らしていたからなのだけれど。

なので雪英には「好きな部屋に住んで」と言ったら、雪英は恐縮しながら一番小さくて、一番翠蘭の部屋から遠い一室を選んだ。

そして、後宮での暮らしに必要な当面の知識などを丁寧に教えて去っていった。

雪英の背中を見送って「さて」と翠蘭は重たい髪飾りをすべて取りはずす。ひっつめて結んでまとめる。こっちのほうが動きやすい。

荷物のほとんどを開封し、寝室の壁のあちこちに好みの武器を無事に飾ることができて翠蘭はとても機嫌がいい。本当は各部屋に武器台を設けて好みの武器を置きたかったのだが、明明に「だめです。せめて寝室だけにしてください」と止められてしまったのだ。

一方、明明は不服そうに目をつり上げ、翠蘭に詰め寄っていた。

「目立たないようにして平穏に過ごしましょうって言ったのに。なんで私の願いを聞いてくれないんですか。妃嬪の寝室が武器だらけなんて目立ちますよっ。だいたい武器なんて必要のない暮らしがはじまるんですよ。ここ、後宮ですよ?」

「戦わなくても武器を見てたら気持ちが落ち着くから……」

明明がぷるぷると拳を振るわせた。これは、あまりよくない兆候である。さらに刺激すると明明はきっと怒りを爆発させる。

「あのね……明明。ちゃんと調べてもらって許されたものばかりだからそこは安心してくれていいから。基本は装飾品扱いよ。危ないものは刃をつぶしてる」

「……装飾品」

明明は翠蘭の言葉を聞き、精巧な透かし彫りを施された長椅子にへなへなとくずおれるようにして座り込んだ。うつむいて、額を指で押さえ、

「装飾品のはずがあるもんですか。髪に槍を飾るおつもりですか？　刺さったら死にますよ」

目をつり上げて翠蘭を見る。

これは話題を変えないと、まずい。

「とりあえず羊を見にいきましょう」

翠蘭はそう提案した。

雪英が後宮には羊がいると教えてくれたのだ。場所は今日通りかかった御花園を越えた東の外れだと聞いた。

とにかく後宮は広い。皇帝や皇后、妃嬪たちが移動するときは輿、あるいは羊に車を引かせてそれに乗るのだそうだ。そのために羊が飼育されているというのは驚きだった。ち

なみに水月宮にも翠蘭用の羊車がちゃんと用意されていた。当面使うことはない気がするが、羊車はさておき、羊は見たい。翠蘭たちが暮らしていた山には羊はいなかったので。書物で読んだが、かわいいうえに羊毛は役に立つし、食べれば美味しいというなにからなにまで素晴らしい生き物のはず。

「娘娘、出かけるのはやめましょう。もしかしたら陛下がいらっしゃるかもしれないじゃないですか。輿入れ初日ですよ」

明明がとがめるように言った。

「来ないわよ。だって陛下は伽を命じるとき宮にいくのではなくて妃嬪を乾清宮に呼ぶのでしょう?」

これも雪英が教えてくれた。

皇帝と妃嬪にとって御子を成すことは職務である。ゆえに、皇帝はよほどの事情がない限り、極力、誰かを夜伽に呼ばなくてはならない。そして選んだ相手は宦官たちに即座に伝わり、宦官たちは時間になると妃嬪たちの宮に迎えを寄越す。万が一にでも皇帝に危害が及ぶことのないように、妃嬪の衣装を脱がせ、身体をくまなく調べてから、絹の大きな袋で包み込み、羊車に乗せて乾清宮へと運ぶのだ、と。

一糸まとわぬ姿で白い絹の大袋に詰め込まれて運ばれる自分を想像したら、素直な気持ちで、若干、引いた。

「それにさあ、袋に詰め込まれて運ばれるのって怖くない？　どう？　今日後宮に来て、いきなりそうされるのは嫌だなあって」

だから、そっと、そうつけ足した。

「……まあ、たしかにそうですね」

明明も少し考えてから、同意してくれた。誰が思いついたかわからないが、この風習は趣味が悪いのでは。

亥の刻の正刻の銅鑼が打たれ、すでに外は暗くなっている。

いまだ翠蘭のもとに宦官たちはやって来ない。だったら皇帝は、今宵、翠蘭を選んではいないのだ。

たぶん今宵は大丈夫。

――で、いま、大丈夫って思ったたってことは、そうとう嫌なんだろうな。夜伽。

絹の袋に詰め込まれようが、そうじゃなかろうが、嫌なのだ。

いまはまだその覚悟が翠蘭には足りていない。意気地のないことだと自分ながら呆れるが、翠蘭は男性というものをよく知らないのだ。仕方ないではないか。武器を持って猪と戦うことはできても、まさか皇帝を棍で撃退するわけにもいかないし、どう対処していいのかさっぱり不明なのである。

いずれ義務として果たすとしても今日明日くらいは、好きなものを眺め、少し、落ち着きたい。

「でしょう？　明明は疲れてるだろうから先に休んでいていいわよ。私、ひとりで羊を見てくる」

そう言って、翠蘭は立ち上がった。

「娘娘ひとりだけで出せるわけないじゃないですか。私もいきますよ」

明明が慌てて、翠蘭を追いかける。翠蘭が放りだした帔帛を咄嗟（とっさ）に手にし、後ろから翠蘭の肩にふわりとかける。

つんと顎を上げて明明が続けた。

「……私だって羊、見たいですよ。ひとりだけで見にいくの、ずるいです」

「じゃあ一緒に」

「見にいきましょう」

にこりと笑って明明は翠蘭の手を取り、後の言葉を引き取ってつなげた。握られた手のひらから伝わる体温が、翠蘭の気持ちを柔らかくほぐしてくれた。

というわけで――。

翠蘭と明明は御花園の横の道を歩いていた。

御花園は順貞門をくぐり抜けてすぐに広がる、後宮で過ごす者たちの共有の庭だ。四季折々に花が咲き乱れ、皇后や妃嬪たちが散策する、美しい場所である。

輿入れのときは池の鯉と宦官や宮女たちの騒動に気を取られていたのだが、夜も更けて、月明かりの下で眺めてみればずいぶんと印象が変わって見える。

月に照らされた木蓮の花が灯籠のように白く光っている。桃の花は淡い紅色に輝いて見える。風が吹くと枝葉が擦れあい、かちかちと小さな音を鳴らす。

敷き詰められた石畳までが月の光を受けて瞬いて――夢まぼろしのごとき光景であった。

自然と翠蘭たちの口数は少なくなっていった。

羊を見にいくのはまた明日でもいいかもしれないと翠蘭はそう思いだしていた。どうせ時間はたくさんある。

互いに確認しあうこともなく、思いは伝わったようである。翠蘭と明明はそれぞれに白木蓮や桃の花を仰ぎ見ながら、ゆっくりとした足取りで、月の輝く夜の庭を進んでいった。

と――月を水面に映す池の縁に、人がたたずんでいるのが見えた。

その人の姿を目に留めた途端に、我知らず、翠蘭の唇からため息が零れ落ちる。

「…………」

神仙がすべての力を注ぎ込んで作りだした完璧な美の化身がそこにいた。

綺麗な曲線を描いた眉の下、切れ長の涼しげな目は笹の葉の形。月の光をつむいだかのようなまばゆく白い肌。通った鼻筋に、花びらのごとき赤き唇。

　長い黒髪は一部だけが結われ、あとは背中へと流している。

　うつむいて池の水を見下ろす横顔は儚(はかな)げで、いまにも月の光に溶け込んで消え失せてしまいそうで——危ういものを見せられているかのような不可思議な心地にとらわれる。

　見つめる翠蘭たちに気づかぬまま、その人は、わずかに池へと身を乗りだした。

　白い手を差しだして、まっすぐにのばす。

　池の水面に映し出された、偽物の月を手元に引き寄せようとでもするように。

　翠蘭は、はっと息を呑んだ。

　——身を投げるつもりなのではなくて？

　気づけば翠蘭はその人のもとに駆け寄り、

「危ないですよ」

と、腕を引いていた。

　ぐっと引き寄せて抱きしめると、相手は驚いた顔をして翠蘭を見おろしている。

　——背が高い⁉

　遠目で見ているときにはわからなかったが、女性としてはそこそこ長身な翠蘭が見上げなければならないくらいの位置に頭がある。

　——それはそれとして近くで見ても美女は美女だわ。

さすが後宮。妃嬪の美しさの基準が翠蘭の思っていたものとは桁違いだ。

「……もしかしたらこの世ならざる者かと半信半疑だったのですが、あなたには人の身体があるのですね」

神仙の類いかと思うような美しさだったので、無意識にそう声に出してしまった。

その人はいぶかしげに首を傾げ、翠蘭の腕に抱き寄せられたままこちらを見返している。

「ごめんなさい。池に落ちてしまうのではないかと慌ててしまいました。そんなことになったらあなたの美しい花の顔とぬばたまの髪が濡れてしまうと心配になったのです。突然の無礼を許してくれますか？」

相手は目を丸くし――そして、整った顔をくしゃりと崩して小さく笑った。

――あれ？　声が低い。

女の声ではなく、これは男の笑い声では。

違和感にしげしげと相手を眺めると、白い首にくっきりと喉仏が浮いている。

「許す。――離せ」

相手は翠蘭を押し戻そうとはしなかった。そのかわりに命令しなれた者特有の横柄な口調でそう告げた。言葉や視線だけで他者が従うものだと決めつけている。

「はい」

別に拒否する必要もなかったから、翠蘭は素直に手を離し、そっと後ろに身を引く。

——いや、だけど後宮に男はいないはずだから、年を取ってから浄身した宦官なのかしら。

幼いうちに性を拭った場合は、身体も幼いまま、育つ。が、大人になってから性を拭う場合はすでに身体は育っているので、男であったときの特徴がそのまま身体に残る場合もあると聞いた。背が高く、声も低く、肉体も強い宦官がたまにいるが、それは年を経ての浄身の結果だ。

あらためて全身を眺めると、上質な絹の交領衫に白地に金の刺繍の直領半臂を重ね、金の帯を巻いている。この色合わせは、宦官だとしても高位の者に違いない。

「この世ならざる者かと触れてたしかめたのだというのなら——そなた見鬼の才があるのか？」

見鬼の才というのは、この世の者ではない存在を察知する才覚のことだ。幽鬼を見たり、その訴えを聞くことができたりという特殊な力。

「いえ。まったくそんな才能はありません。それでもあなたが人かどうかがわからなかったんですよ。麗しすぎたものですから」

夜の庭の光景と月明かりと美しい人という取り合わせが作用して、すべてがつかの間の幻のように感じられたのはたしかなのだ。

「そうか。その才がなくとも、人かどうかがわからないと惑うこともあるのか」

「ええ。天に昇るか、儚く消えるか――それとも池に落ちるかのどれかのような気がして、ついい」

翠蘭の返事の三択目で、不服そうに眉をひそめ、言い返してくる。

「私は誤って池に落ちるほどの粗忽者ではない。池の鯉を見ようとしただけだ」

唇が少しだけ尖っていて、気分を害しているのが伝わった。しかしこちらを責める口調ではない。

「鯉……ですか。ここの池の鯉はすべて浮かび上がったのではないのですか？」

「すべてかどうかはまだわからない。調べていないからな」

「え……調べていないんですか。でも……私が見た鯉の死骸は、鰓に泥がつまって固まってましたから、それで呼吸できなくなって浮かび上がったんじゃないかしら。一匹しか見てないけれど、一匹がそうなら全部がそうであってもおかしくないですよね。たぶんこの池、水が汚れてるんじゃないですか？　水のせいなら鯉は全滅してるような気がしますけど。――鯉だけじゃなくて、ほら、蓮の葉も枯れかかってるのがあるじゃないですか」

首を傾げつつ池を指さしそう言うと、麗人が不審そうに眉根を寄せる。

「そなたは……鯉の死骸を見たのか？」

「はい。今日、ちょうど通りかかったので池から掬い上げて鯉を近くで見ました。気になったので」

相手は、なにかを考えるかのように沈黙し、翠蘭をしげしげと見つめ返した。

麗人と翠蘭の視線が交差する。

綺麗な顔すぎてまばゆいが、なにを思っているのかがさっぱり読めない。

そうして無言で見合っていると、小走りの足音が近づいてきた。

翠蘭は音がするほうに顔を向ける。

よろよろとしながら走り寄ってきたのは、長身で年配の禿頭の宦官である。宦官の地位は帯の色で見分ける。黄色の帯を巻いたこの宦官は最上位の太監のはず。

思慮深そうなまなざしは澄んでいて、物静かな草食動物のそれに似ている。

ぜいぜいと荒い息をさせ、瘦軀の太監が言った。

「陛下――またお供もつれずにこんなところをおひとりで」

――陛下⁉

翠蘭はぎょっとした。明明も背後ではっと息を呑んでいる。

金色の帯を巻くこの麗人は、では皇帝高義宗なのか？

だが、言われてみれば、まばゆいくらいの美しさと気品のあるたたずまいは、宦官のそれとはあきらかに違う。そして後宮に男は皇帝しかいないのだから、相手が女性でも宦官でもないとなると、消去法で目の前の人物は皇帝ということになる。

しかし、翠蘭が勝手に思い描いていた皇帝像からは大きく逸脱していた。

――だって陛下って三十一歳だって聞いていたわよ？

そんな年には見えない。若々しい。

さらにどうしてか翠蘭は、皇帝とはもっと雄々しく猛々しく、かつ、感じが悪いものだと想像していた。

――少なくともこんなに美しい人だとは思ってなかった。

「陛下でいらっしゃるのでしょうか」

聞くことそのものがおそれおおいはずなのだが、尋ねてしまった。

「そうだ」

返事は短い。

翠蘭は慌てて拱手する。

出会いがしらに腕を引いて抱え込むように抱きしめたり、池に落ちるかと心配でだのと言わなくてもいいことを言ったりで――いまさら拱手したところでと思ったけれど、やらないよりやったほうが、いい。

ちらりと後ろを窺うと明明も青い顔でうつむいて拱手の姿勢を取っている。

静かになった翠蘭と明明を前にして、義宗帝と太監が口論をはじめる。

「たかが池の水と鯉を見るためだけに何人もの供を引き連れて仰々しく羊車になど乗っていられるか」

そう言われ、太監がおもむろにひざまずき叩頭する。

小さく身体を折りたたみ、額を地面に押しつける太監の姿は、老いさらばえて痩せてしまった兎に似ていた。

「奴才、申し上げます。ですが……先月に水清宮の宮女が自死をしたばかりです。後宮のあちこちに宮女の幽鬼が現れるようになったと宦官や宮女から報告があがっているのは陛下もご存じでありましょう。陛下おひとりで出歩いてなにかがあっては困りますゆえ」

「くだらない。幽鬼が生きている人間に仇をなすことはめったにない。そなたは心配が過ぎる」

「そうは言っても実際に池の鯉が死滅してしまったのです。鯉を滅することができるなら、人のこともまた……」

「案ずるな。私は人ではない。龍の末裔である」

龍の末裔である、とは。

とんでもないことをいま言ったなと、翠蘭は拱手する腕の隙間から義宗帝をのぞき見た。どんな顔をしているのかと思いきや、まごうことなき真顔だった。伝説上ではそうなっているが、皇帝は本気で自らそれを信じているというのか？

「はっ」

太監も、笑いもせずに真面目に応じている。

「私は呪いでは死なない」

「はっ。ですが毒や刃で傷つきます。御身になにかがあっては……」

「しつこいっ」

しなるような声のあと、太監は静かになった。

石畳の地面に座る太監の息は、いよいよ荒くなっていく。あちこちをできるだけ急いで走りまわって、やっと皇帝を捜しあてたのだろう。こめかみから汗が滲み、顎へと伝わって落ちた。

「梁太監、頭を上げよ。立つことを許す」

「はっ」

立ち上がろうとした太監の身体がぐらりと揺れた。

ひとりでに翠蘭は前に進んでいた。よろけそうになっている梁太監に手を差しだし、支えて立ち上がらせる。宦官の年齢はあまりよくわからないが、老いているのだけはたしかである。

太監は慌てた顔で翠蘭の手を遠ざけようとした。が、翠蘭のほうが力も押しも強かった。引き上げられて太監は困った顔で翠蘭と義宗帝を見比べた。

この場合、自分はなにを言えばいいのかと考えていたら、義宗帝が先に口を開いた。

「私の心配をするより、そなた自身の心配をしろ。いまにも倒れそうではないか。そなたこそが羊車か輿を使え」

そうして、わずかに身を屈め、しかつめらしい顔のまま、太監の額の浮いた汗を袖で拭う。

「陛下のお手が汚れてしまいます。おやめください」

首をすくめ恐縮する太監に義宗帝が小さく言う。

「うるさい。私の手を拒否できるとでも？　恐縮して、素直に拭われていればいいのだ」

「……はい。申し訳ございません」

太監がうつむいた。

翠蘭としては、あとはできるだけ静かにこの場から去りたいだけなので、再び視線をそらして拱手して、ゆっくりと後ずさる。早く皇帝から「下がってもいい」という言葉を賜りたいものだ。あるいは皇帝自らがこの場から移動して欲しい。

「うむ。これに懲りたら今後は私を捜すときは輿を使え」

義宗帝が太監に告げる。

優しい口調ではない。言葉遣いも横柄だ。けれど気持ちがこもっているのが伝わった。

「……はい。ですが……捜されるようなことをなさらないのが奴才にとっては一番でございます」

「私にそのようなことを命じるつもりか。何度も言わせるな。私は末裔といえど龍の化身である。太監が心配するようなことは決しておこらない」

しかし微笑んでそう言う姿はたおやかな麗人のそれで、龍の末裔たる皇帝の雄々しさからはほど遠い。龍の化身ではなく、どう見ても天女もしくは月の光や花の化身だ。

気品だけは全身からみなぎっているのだけれど。

正直なところ、皇帝が「こういう人」というのは想定外であった。

が、自分の目で見てみれば「なるほど」と納得もした。

――華封の国の王は、だって人質だから。

生まれ落ちてすぐに隣国で王族としての牙や爪を引き抜かれ、決して夏往国に逆らわないと認められて後に、皇帝として国に戻ってくるのだ。

考えてみれば、そういう皇帝が、雄々しく猛々しいはずがないではないか。

――でも無道の君主っていうわけではなさそうね。

口調はえらそうだが、太監のことは気遣っている。翠蘭の無礼も咎めないし、鞭打てとか刑に処せとも言わない。太監の態度や口調からも、常日頃から、義宗帝に今宵のように思う部分については言い返しているのが透かし見える。だとしたら義宗帝は、罰しないで意見を聞き入れることもあったのだろう。

彼らの関係は自分と明明の関係性に近いように感じられ、翠蘭はふたりに親しみを覚えた。皇帝とその太監に親しみを覚えていいものかどうかは別として。

すると、ふいに義宗帝がその龍顔を翠蘭に向けて言う。

「顔を上げよ」

「はい」

「そなたは——水月宮に入った十八嬪の妃か」

「はい」

名乗らないのにわかってしまったと目を瞬かせると、義宗帝はふんと小さく鼻を鳴らした。されて嬉しい態度ではないのだが、さすが皇帝は鼻を鳴らす仕草ですら上品である。

「池に浮かび上がった鯉を、たまたま通りかかった水月宮の妃嬪が手にしていた桃の花で不浄を祓ったという報告を聞いた。他の妃嬪で鯉に興味を示した者などひとりもおらぬ。その目で鯉を見たというのなら、そなたは水月宮の翠蘭だ。さて、翠蘭、そなたの後ろにいるのは……」

「私に仕えてくれている宮女の明明でございます」

明明のかわりに翠蘭が応じる。

「ひとつ聞く。なぜ宮女とふたりだけで夜の御花園を歩いている?」

すっと目が細められた。その奥に翠蘭を検分するかのような鋭い光が灯っている。口角は上がったままだが、返答次第では花のような笑顔は消えてしまうのかもしれないと思わせた。

「羊を見たかったのです」

　義宗帝は目を瞬かせ、無言だった。

「私は今日はじめて後宮に入ったのです。いままでずっと泰州の山の奥で暮らしておりました。猪や鹿、兎まではよく見たのですが羊という動物を見たことがありません。ですから後宮の外れに羊が飼育されていると聞いて、どうしても見たくなったので羊を見にいく途中で、恐れながら、陛下をお見かけし、陛下が池に落ちてしまうのではと慌てて」

　とうとうと述べると、義宗帝が眉間にしわを寄せる。

「……私は池に落ちるほど粗忽ではない」

　それを聞くのは二度目だ。

「はい。申し訳ございません」

　義宗帝が嘆息する。

「そなた——変わっているな」

　いきなり言われた。

「え……あ……はい。そうかもしれません」

「かもしれないではなく、間違いなく変わり者でかつ愚か者だ。水月宮に昭儀が入ったのは今日のことであったな。仕える宮女がひとりだけで、宦官も雪英以外はいらないと追い払われたとも聞いた。花嫁の輿にも乗らずひとりで歩き、途中で死んでしまった池の鯉を掬って眺めた。そこまでで十分に変わり者」

否定できないので黙って聞いていた。

「だが咄嗟の機転は利いている。鯉に桃の花を手向け、不浄を祓って、まわりの宦官たちをうならせた。そこは褒めよう」

「は……い」

「が、その後、夜にまた、池の水を探りに宮女とふたりで訪れたというのは変わり者だけではおさめることはできない。夜になってから、わざわざ池に、ふたりきり。——これがなにかの呪法、もしくは毒を使ったものであるならば、そなたたちが一番に疑われるだろうふるまいだ。そうなってくると機転が利いた行いもずいぶんとあやしくなってくる。なにかを企んでそうしたのか。簪として髪に飾った桃の小枝もあらかじめ用意されていたものか。輿入れの今日、なにがあるのかをわかって池の前をわざわざ歩いていたのか」

あ、と思う。

そういう考え方はしなかった。そもそも池の鯉は鰓に泥がつまっていたから、水が汚れて死んだのは自明のこと。

呪いだとか毒だとかそんな考えに至らない。

ましてその罪を問われる立場になるなんて思いつきもしなかった。

すると——背後で衣擦れの音がした。

なにかと思い振り返ると明明が地面にひざまずいて叩頭している。

何度も何度も額を地面に叩きつけ、

「申し上げます。そのようなことは決して行ってはおりません」

と悲鳴のような声を上げた。

「天に誓って後宮に不吉をもたらすようなことは行っていないと明言できます。輿に乗るのを拒絶したのも、宦官を退けたのも、羊を見たいと申したのも私でございます。翠蘭娘娘はお心優しく慈悲深きお方。侍女の私の願いを叶えてくださった、それだけなのです。数々のご無礼のすべても私が至らなかったゆえ。すべての罪は私にあります」

明明の細い肩が震えている。

「……っ。なに言ってるの明明。あなたは私を引き留めた側じゃないの」

「いえ……いえ……そんなことはございません」

こうなってしまった明明はなにを言っても動かない。

翠蘭は明明の横に膝をついて同じく叩頭する。思いきりよくがつんと額を打ちつけると痛みで目の奥に火花が散った。そのまま顔を上げ、義宗帝へと声を発する。

「変人で愚者の我が身にかけて、呪いも毒も知らないと言えるわ。鯉の死因は池の水の汚れのせいよ。池の水をさらってみればなにかわかることがあるかもしれない。命じてくれればさらってみせる。それから明明の落ち度は私を自由にしたことだけよ。明明にかわり百の棒も千の鞭も我が身で受けます」

額に、生ぬるい感触がする。さっき打ちつけたときに額に傷がついたのかもしれない。それくらいじゃなければ、明明から自分に関心を向けてもらえそうにないと思って力の限り叩頭したので、いいのだけれど。

言い切ってから頭を振り上げ、ぐっと顎を引いて奥歯をかみ締めて、勢いよく地面に再び振り下ろそうとした。

が――。

「やめろ。もういい」

と、義宗帝が鋭く告げた。

「いえ。私は陛下が明明をぶたないと約束してくださらない限り、やめません」

「わかった！　だからもうやめろ」

鋭い声が落ちてきて、上目遣いで義宗帝を見る。

本当ですかと問い返したいところだが、皇帝が発した言葉の真偽を問うことになってしまう。だから沈黙のまま疑り深い視線だけを返した。それだけでも十分に不遜（ふそん）であろうことはわかっている。

「妃嬪が自分の顔に傷をつけてどうする。そなたの肌は私のために磨かれるものだ。私に許可なくその肌を傷つけることは本来ならば許されないこと」

――うわ、船の上で明明と話していたやつだ。

本当にそういう理屈が通る世界なんだなとしみじみ感じいってしまった。

ずきずきと痛む額から生ぬるいものが肌を伝わって、開いた目に流れ込む。目が沁みて、視界が滲む。翠蘭の視線を受けて、義宗帝が額に指を置き、うつむいた。既視感があるなと思い返すと、明明がよく翠蘭にしてみせる仕草であった。

「もう、よい。頭を上げよ。立つことを許す。鯉が死ぬことでそなたたちが利を得る道筋がない。私はそなたが機転の利く変わり者であり愚かだとは思っているが、罪人だとは思っていない」

「はい」

「そこの宮女は――明明といったな。宮に戻れば薬はあるのか？」

「はい」

明明が消え入りそうな小声で返事をする。

「ならばすぐに戻り傷の手当てをすることだ。今宵は羊を見るのはあきらめろ。羊のほうもこんな夜に手ぶらで訪ねられても、安眠を邪魔されて迷惑なだけだ。まったく……」

そう言って義宗帝はかすかに笑った。

「そなたたちは……おもしろいな」

――おもしろい？

「そなた、ひとりで立てるか？」

「はい」

翠蘭は立ち上がり、明明に手を差しだす。明明の手は小刻みに震えている。怖かったのだろうに、翠蘭のためにと咄嗟に義宗帝に膝をついて謝罪した彼女の勇気を思うと、翠蘭はなにも言えなくなる。

いざというときは明明を伴って岸辺まで泳ぐなどとほざいていた自分自身を殴りとばしたい。結局、できていないではないか。いざというときに翠蘭を助けようとさっと身体を投げだした明明と比べ、自分の思いの軽さが情けない。

「連英（れんえい）、帰るぞ」

梁太監がうなずいたから連英というのは太監の名前なのだろう。

「翠蘭、そなたは良い女官に仕えてもらっている。大事にしろ」

背を向けて歩きだした義宗帝がそう告げた。

「はい」

そんなこと、言われなくても大事にするわ。

翠蘭はうなずいて、いまにも泣きだしそうな明明の身体を引き上げて立たせたのだった。

＊

その同じ夜のことである。

御花園に近い東の水清宮──宮女たちが噂話に花を咲かせていた。

この宮の主は、司馬花蝶。

司馬花蝶は四夫人のひとり貴妃の位をいただいている。星の輝きを宿す黒い瞳。神仙が注意深くつまみあげたかのような形のいい高い鼻梁。唇は少しだけ厚めでぷっくりと膨れ、なにもつけずともいつもぽてりと赤い。牡丹の花を思わせる艶やかで美しい容姿の持ち主だ。

けれど──司馬花蝶は、まだ、十一歳になったばかりの「子ども」であった。

そもそも、司馬花蝶が後宮に入ったのはいまから五年前──わずか六歳のときである。貴妃として後宮に入ったその当時の司馬花蝶は、後宮がどういうものかも知らず、まわりの大人たちにだまされて連れてこられたのだ。

もともとが地方出身の文官の末娘である。末っ子ゆえにかわいがられ、わがままに過ごしていた。が、末っ子であるゆえに、なんの得にもならない後宮の妃の座を姉たちから押しつけられてしまったのだ。

貴妃は親と姉たちに「おまえは美しく特別だから」と言いくるめられて後宮に嫁いできたのである。

義宗帝は、美しいが表情や仕草のひとつひとつにあどけなさが浮かびあがる司馬貴妃に夜伽を命じる気持ちにはならないらしい。

一度として夜に貴妃を呼びだしたことがない。

それゆえに水清宮の宮女たちの夜はどこか生ぬるく、怠惰なものであった。

いつだって水清宮の夜は、ただひたすらに長く、暗い。

水清宮に入ってすぐの頃、貴妃は、幼くたどたどしい口調で「妾は美しく特別だからここにいるのだ」と宮女によく語っていた。

——妾は美しくて特別だからと貴妃の地位を得たのだ。後宮にいればなんでもまわりの者がやってくれるし、楽しく過ごせると姉さまたちが口をそろえてそう言って……。

ときには寂しさと父と母を恋しがって目に涙をためて。

ときには後宮の貴妃であるゆえに宦官や宮女たちにわがままを許されることの心地好さに満面の笑みを浮かべて。

――後宮にいればたいていの望みが叶う。美味しい食べ物も綺麗な飾りも装束もなんでも。楽しく遊んで暮らしていけるのよ。皇帝になんでも頼めばいいし好きなことだけして生きていけると姉さまがそう言ったから。

妾は幸せだ。

宮女たちは貴妃がこまっしゃくれた口調で語るその言葉を、目配せをかわして聞いていた。

しかし、宮女たちのあいだに流れるしらじらしい空気を、貴妃はちゃんと感じ取っている。子どもだからといって、なにも見えないわけではない。悟らないわけではない。自分がもしかしたら間違ったことを言っているのかもしれないと、うっすらとそう感じ、息がつまるような心地におそわれることもある。

だが、彼女に面と向かってその間違いを教え諭すものは、ここには誰ひとりいなかった。

今宵、貴妃の高く結った黒髪を飾るのは、色とりどりの石と金細工の簪だ。さまざまな色を混ぜた飾りが彼女の幼さと無防備さに、よく合っている。

紫に金糸で花と鳥を刺繍した上襦に純白の帔帛を身にまとった貴妃は、ずいぶんと眠たげだ。椅子の上でときどきがくりと身体が揺れる。

「貴妃さま、お眠いのでは？　そろそろ寝室にいかれてはいかがですか」

宮女のひとりがうながすと、貴妃ははっとしたように顔を上げ目を拳で擦りながら応じる。

「嫌。ここにいる」

貴妃はいつもこうなのだ。

ひとりになることをひどく嫌がる。仲間はずれにされたといって憤る。

子どもなのだ。仕方ない。

「お部屋でお眠りになるのが怖いのですか。誰かがお供をいたしますから」

「そういうのではない。まだ眠くなどないというだけ」

ため息を漏らし、宮女たちが互いに目配せをする。

「そもそもがそなたたちの話がつまらないのが悪い。退屈になってぼんやりしていただけ。もっとおもしろい話をするがいい」

「おもしろい話って……たとえばどのような」

「どのようなもこのようなもあるか。その身体の上にのっておるのは頭ではなく、綺麗な飾りか⁉　妾を楽しませられないのならその飾り、もぎ取ってもらってもかまわないのだぞ」

甲高い声でそう言った。

宮女たちがきゅっと首を縮こめる。

子どもの勘気は怖ろしい。

ついこのあいだまで司馬貴妃は宮女たちに杖刑を与えることはなかったが、最近は違う。その場その場の感情のままに宮女や宦官たちを罰するようになった。

後宮では、刑を受け、手当もされずに冷宮に閉じ込められて、二度と出てくることのなかった宮女や宦官もたまにいる。下っ端の宮女や宦官の命は、安いのだ。棒で打たれるのも、鞭打ちもまっぴらだ。

水清宮では幸運なことにいままではそのようなことはなかったが、これからはわからない。

「あの……御花園の池の鯉がみな死んでしまい……」

「その話なら知っている。それに鯉を殺すことくらい妾でもできる。魚を殺すなら赤い粘土の土を池に撒けばいいと月華が言っていた。息ができなくなって浮かび上がる。月華の故郷ではそんなことがあったのだと」

月華とは、先月に毒を飲んで自死をした水清宮の宮女であった。文字を巧みに書くことで取りたてられて教育係として水清宮に入った。貴妃の機嫌を取るのがうまく、貴妃は月華にとてもなついていた。月華は、幼くして後宮につれてこられた貴妃にとっては、年の離れた姉でもあり、母に似た者でもあったのだろう。

彼女が亡くなってから、貴妃の感情の起伏が以前より激しくなっている。

「あの……ですが、新しい妃嬪がその死んでしまった池の鯉を掬ったのだそうです」

宮女のひとりが続けた。

貴妃の目が見開かれた。

「すくったのか？」

興味を抱いたようだと、別な宮女がその話題を広げようとして会話に加わる。

「ええ。そうです。掬ったんです。私も見ました。ためらうことなくやってのけていましたよ。目の前でそんなことされたもんですから、びっくりしましたとも」

最近の貴妃はよく怒る。そしてよく泣く。かんしゃくを起こした貴妃の機嫌をうまくとることのできる宮女は、いまの水清宮にはいないのだ。

できるだけ機嫌を損ねたくない。

とにかく平穏に過ごし、なだめ、適当に眠りについてもらわなくてはと、みんな必死だ。

「へえ、その話、本当だったのね。水月宮の昭儀よね」

「泰州の山奥から来たとかって……」

宮女たちの会話に貴妃の細い声が割ってはいる。

「では池の鯉は助かったのか？　生き返ったというのか？」

宮女たちは互いの顔を見合わせてから、困惑したように続ける。

救ったのではない。

掬ったのだ。

「まさか。違いますよ、貴妃。水月宮の翠蘭さまは池の鯉を引き寄せて、その手で、自らこう、掬い上げたんです」

最初にこの話題を出した宮女が、池の鯉をかき寄せて、掬い上げる動作をしながら説明する。

「なんだ。そんなことなら妾だってできる。つまらぬ」

貴妃は落胆し、うつむいた。

「つまらぬ……つまらぬぞ。月華がいなくなってからそなたたちの話はどれもこれもつまらぬ」

泣きそうな声だった。

貴妃は小さな拳を握りしめ、傍らにある机をがんがんと殴りつけはじめた。激しい音に宮女たちが身体を縮こめる。

「すみません。すみません……貴妃さま」

謝罪する宮女に、貴妃は、その小さな拳を振り上げた。

2

翠蘭は、義宗帝と夜の御花園で巡りあった後――結局、羊を見ることもなく、額に傷をこしらえて水月宮に戻ることになった。

そして傷の手当てをされながら明明にたっぷりと絞りあげられた。

一歩間違っていたら明明もいわれのない罪をなすりつけられて糾弾されたかもしれないのだ。下手をしたら、位を取り上げられ、冷宮送り。

なのでその日はちゃんと反省して明明に謝罪してから、寝室で眠りについたのだ。

朝になって目覚めた翠蘭は、鏡に向かい、髪をひとつに結わえて邪魔にならないようにまとめる。額の傷はふさがったが、かさぶたが痛々しい。前髪をおろして傷跡を隠す。それから紫の色の短い袍と下衣を身につけ、とりあえず日課である鍛錬をしようと寝室に飾っていた愛用の大剣を手にして庭に出た。

気持ちを落ち着かせるためには、好きなことをするしかない。

後宮の殿舎にはそれぞれに主の好みにしつらえられた庭がある。水月宮の庭はいまのところ無難に蓮の池と桃が植えられていた。翠蘭の好みは「木刀や剣を日々振り回し、棍や棒術の鍛錬ができる空間があればそれでいい」ので、これ以上、庭師になにかを頼むつもりはない。

軽く柔軟体操をしてから、剣をかまえ、型の稽古をする。

山では于仙が相手をしてくれたが、ここには誰もいない。己の脳で架空の敵を思い描いて、虚空に向けて剣の切っ先を突きつける。剣をふるっているうちに気持ちが静かに研ぎ澄まされ、身体が軽くなっていく。

が——。

「娘娘(ニャンニャン)っ‼」

明明が庭で稽古をしている翠蘭を見つけ、叫び声をあげた。集中が途切れ、翠蘭は剣をふるう手をおろす。

明明がつかつかと急ぎ足で歩み寄り、腰に手をあてて上目遣いで睨んで続ける。

「……昨夜のこと反省してませんねっ」

「してるわよ」

「してるなら朝から庭で大剣を振り回さないんじゃないですか」

――してるから、いざとなったら明明を連れて逃げだすための力を蓄えようとしているの。

と、思ったけれど口にしたら明明にさらに叱りつけられるので、素直に「ごめん。そうだね」と謝罪した。

明明の後ろから雪英が顔を覗かせた。丸い目で、翠蘭と、片手に持つ大剣とを見比べていた。食い入るように凝視している。

「おはよう、雪英」

笑顔で挨拶をすると、雪英が我に返ったように「はいっ」と返事をし、ぶるっと身体を震わせて拱手する。

そういえばほとんどの武器と武具の刃はつぶしてあるのだが、この大剣は幸運なことに「これだけ大きいものを女の身でふるえるはずもなかろう」と、そのままで運び入れることを許可されたのだ。

「ごめん。雪英、怖かったのかな。もしかしてこの剣が物騒だった？　明日から朝の鍛錬は棍にするね。あれなら小回りきくし女性が振り回していてもおかしくはないから怖くないかもしれない」

「いえ……いえ」

雪英が首を横に振り、かしこまる。

「棍だって、そうとう、おかしいですよ」

　すかさず明明が否定した。

「じゃあどういうのなら振り回していい？」

「だって雪英さん、娘娘の様子を見て固まってましたよ。声をかけたら泣きそうな顔で〝勇ましいお姿で昨日とは見違えました〟って言ったんです。妃嬪のひとりなのに〝勇ましい〟って言われるの、どう思います⁉」

　質問に質問で返されてしまった。

　明明の言葉に雪英が慌てた顔になった。まさか思わず漏らした本音を当人に申告されてしまうとは思わなかったのだろう。

「あ……申し訳ございませんっ。決しておかしな意味ではないのです。凜々しいお姿で清々しくていらっしゃって……まるで伝説の小虎のようで……」

　雪英が言う。

「小虎って？」

「後宮の劇団の宦官の役者です。奴才は噂に聞くだけで、見たことはないのです。とんぼを切ったり、剣を振ったりする様子がひたすらに勇ましく凜々しくかっこよくて美しかったと、芝居好きの太監に教わりました。奴才は小虎の活躍には間に合わず、見ることもできず、素晴らしかったと話を聞くのみで、どのような有様だったのかをずっと思い描いておりました。それが……いましがたの翠蘭娘を拝見し、きっと小虎とはこのような方だったのではと思ったのです」

まぶしいものを見る顔で、翠蘭を見返した。

「へえ。私は芝居というものを話に聞くだけで自分の目で見たことがないから、どんなものかちゃんとはわからないけど……。でも雪英は芝居が好きなのね」

「はい……」

恥ずかしそうにして雪英がうなずく。

少しだけ雪英との心の距離が近づいたように思え、翠蘭は思わず微笑んだ。

「小虎って私に似ているの？」

そう尋ねたら雪英が青ざめた。

「あの、ごめんなさい」

「なにが、ごめんなさいなの？」

「小虎は、その……男役の役者なので」

「あら、いいじゃない。勇ましくて凛々しくてかっこよくて美しかった役者なんでしょう？　光栄だわ。照れるなあ」

「待って。男役に似てちゃあだめでしょう」

明明が嘆息混じりに言う。雪英はしゅんとして、うつむいた。

「いいじゃない。明明。誉めてくれたのよ。私、悪い気がしなかった」

「娘娘が悪い気がしてないの、わかってます。あと、雪英さんのこと怒ってるわけじゃないです。雪英さんが言う通り、こういう髪型で、この恰好をして、剣を振り回している娘娘はどこからどう見ても〝美しい青年〟だから、真実をそのまま言っただけよね。仕方ない」

「やった。明明まで私のことを誉めてくれた……」

「もう、娘娘……調子にのらないでくださいね。あなた、その恰好で、私に対していつもやってるのと同じことをそのへんでやってのけたらきっと大変なことになりますよ。ここって後宮で、陛下以外に男性がいないんですから。気をつけてください」

明明がつぶやいて、額に指を置いてうつむく。

大変なことになりますって——どう大変なことになるのだろう。

「まあいいじゃない」

「よくない。……だめです。心配になってきました。娘娘が陛下をさしおいて後宮でもてしまうかもしれない。そんな未来が見えてきました。まさか……いや、あり得る。娘娘ならば起こり得る……」

翠蘭は剣を鞘にしまったが、明明は嫌そうな顔のまま、頭を抱えていた。

その後は、食事をとるために三人で連れだって曲廊を渡って餐房に向かう。花窓を通して朝の光が床をまだらに染めている。

「雪英、一緒に食べましょうよ」

さっきから翠蘭はずっと雪英を食事に誘っているのだが、雪英が困ったように遠慮し続けていた。

「お仕えしている主と同席で食事なんてとんでもないことです」

「私にとっては一緒の家で暮らしている人たちみんなで食事をするのは当然のことよ」

「ですが……」

「だめよ、雪英」

とうとう翠蘭がそう断じた。

「こういうのってみんなで一緒にあたたかいものを食べるのが最高に美味しいって決まっているのよ。つまりあなたが食べないと、そのぶんだけ、私と明明の〝美味しい〟が減るの。だから一緒に食べてよ。命令よ」

奥の手である。

「……命令ですか。わかりました」

雪英が困り顔のままうなずいた。

本当はこういうことでも「命令」で相手を従えさせたくはない。それでもいまのところこれしか雪英と共に食事をする方法が思いつかない。このあたりは今後の課題だ。

「よかった。あのね、明明の料理は期待してくれていい。なにもかもが美味しいんだから」

翠蘭が持ち込んだ荷物のほとんどが武器だが、明明が持ち込んだ荷物は生活必需品や当面の食材に愛用の鍋などである。後宮の食事が贅沢なものだろうことは想像できるが、自分で作ったものが一番美味しいはずだと明明は断言したし、翠蘭もそこは同意している。

「特に明明の作ってくれる黄橋焼餅(ファンチヤオシヤオビン)は絶品よ」

黄橋焼餅は泰州のお菓子(かし)だ。表面にごまをたくさんまぶした饅頭(まんじゆう)で、皮の作り方に特徴がある。何層にも練りこまれた皮の口当たりが絶品で、さくさくと囓(かじ)るとなかから蜜(みつ)の味の餡(あん)がとろりと零れ落ちるのだ。

「娘娘、いきなりお菓子をおすすめしてどうするんですか。まず豆乳と油条(ヨウテイヤオ)を食べてもらいます。粥(かゆ)とごま団子も作りましたよ」

豆乳をあたため干しエビで塩気を足し、香草や葱(ねぎ)を散らしたものを、小麦を練って細長くして揚げた油条と食べるのが明明と翠蘭のいつもの朝食だ。さらに今日はごま団子や粥も作ってくれたようである。

「そうよね。朝は豆乳と油条よね。それだけで満腹だけどお粥も作ってあるって言われると迷うな。ごま団子ももちろん食べるけど」

どれだけ食べるつもりなんだと呆れられるかもしれないが、朝から剣を振り回したのでそこそこお腹はすいている。それに明明のごま団子も、また、格別な味なのだ。

「ええ。黄橋焼餅はその後ですよ」

明明が言った。

「え、黄橋焼餅も焼いてくれているの？　ごま団子だけじゃなく？」

「焼きましたよ。だって娘娘の好物ですから」

当たり前の言い方で胸を張って言われ、翠蘭は「やったー」と子どものように声を上げながら、房に入る戸を開けた。

すると――。

「……陛下⁉」

なぜか、義宗帝が卓に向かって座っていたのだ。

ゆったりと腕を組み、部屋に入った翠蘭のまっすぐ前で微笑んでいる。鮮やかな深紅の絹地に金の糸。刺繍の模様は龍である。

月夜に見た彼も儚げで美しかったが、朝日のなかで見る義宗帝は明るくきらびやかである。つまり彼はどの時間に見てもまばゆいくらいに麗しい。

義宗帝の背後に立っているのは太監であった。

「羊は見たか、変わり者」

義宗帝が、言った。

いきなり「変わり者」呼ばわりか。といっても翠蘭は自分が変わり者なのは認めているので特に反論するつもりはない。

翠蘭の後ろで明明と雪英が慌ててうつむき拱手している。

「いえ。まだです」

「そうか。ならばこの後、私の羊を見せてやろう」

「まさか陛下にそのようなことをお願いするなんて、おそれおおいです」

「おそれおおくなどない。ここに来るのに羊車を使った。外で羊と車が待っている。私を見送るついでに羊を好きなだけ見るといい。そなたに羊を見せるためにわざわざ羊車に乗ったのだ。喜べ」

そんな心遣いをされてもと困惑する。

「……ありがとうございます。では、羊を見せていただきますね」

こわごわ言うと、義宗帝があっさりとうなずく。

「ああ。私がそなたの朝食に呼ばれたあとで、ゆっくりと眺めるといい」

「え」

朝食を食べるつもりなのか⁉

「翠蘭、座ることを許す。明明、雪英、私のための食事の用意を」

しかも自ら、仕切りだした。

どんなわがままであっても「ありがたがって受け止めよ」という態度で命令できるのは、さすが皇帝だ。

翠蘭たちには皇帝の命を断ることなど、できそうもない。

明明と雪英が厨房に急ぐ。残された翠蘭は呆然として義宗帝の向かいの椅子に座った。腰から下げた剣ががちゃがちゃと音をたてる。義宗帝が興味深げに翠蘭の剣を見つめている。

「こんなに勇ましい妃嬪を迎えたのははじめてだ。ところでそなたは強いのか」

そこそこ強いほうだと自負している。近年は山を訪れた男たちとの手合わせでも勝利を重ねてきていたが——。

「師匠の于仙にはまだ勝てません」

考えて後、用心深くそう応じた。

「そうか。ならばもっと励め」

「はい」

「ところでそなたに調べてもらいたいことがあって、ここに立ち寄ったのだが」

「はい」

「御花園から冷宮にかけての広範囲に女の幽鬼が出ると報告を受けている。恨みがましく睨みつけるとも言われているし、美しい様子で微笑んでいるとも言われている。見た者によって様子が違うが、この世の者ではないことだけははっきりしていると誰もが口をそろえてそう言うのだ」

「……はい」

「里に残した妹に似ているとか、少し前に自死した水清宮の宮女に似ているとか、先代の御代に冷宮で儚くなった賢妃に似ているとか——見た者によって幽鬼がいったい誰なのかが定まらぬ。そもそもが幽鬼なのかどうなのか」

義宗帝は眉間にしわを寄せ、難しい顔になった。

「というわけで、そなたに幽鬼の正体を探って欲しい。そのうえで幽鬼をとらえるか、二度と現れぬようにしてもらいたい」

「………………はい」

わずかに沈黙が落ちた。

「どうして自分がそんなことをしなくてはならないのかと、聞かなくてもいいのか」

「聞いたら答えてくださるのですか」

「ああ。答えるとも。そなたが咄嗟の機転の利く変わり者で、よく身体が動く、愚か者だからだ。後宮で自らの足で走りまわれる者も、大剣を振り回してのける者も、そういない。

幽鬼に襲われてもそなたならなんとかできそうだ」

——襲われる可能性もあるというのか。

なにを言えばいいのかしばし迷ってから「できるかどうかはわかりませんが、努力します」と応じた。

——夜伽を命じられるよりは、まし。

義宗帝は妙に透明な目で翠蘭を見返し、わずかに口角を上げた。笑われるような対応をしたのだろうかと思い返すが、翠蘭にはわからない。素直に、そして粗相のないように気をつけたつもりなのだが。

ふたりとも無言になる。互いを探りあうようにして時間が流れた。

静かな餐房に、明明と雪英が朝食を載せた盆を捧げ持って戻ってくる。

卓に盆を並べていく明明たちに義宗帝がさらりと言う。

「明明、雪英、そなたらも座れ」

「え……私たちもですか」

明明が目を丸くした。

「朝食を一緒に食べようと言っていたそなたらの声はここまで聞こえていた。そのつもりであったのだろう？　共に食べないと〝美味しい〟が人数分減るようなことを語っていたではないか。食事は美味しいに限る。冷めてしまってもまずくなる。さあ、座れ」

鷹揚に告げる。

ピータンと野菜が煮込まれた粥からは湯気が立ち、美味しそうな匂いがする。豆乳の上に散らした葱と香草の緑は鮮やかだ。細長い油条に、ごま団子に黄橋焼餅の載った皿もある。

「陛下がそうおっしゃるのでしたら——明明、雪英、一緒に食べましょう。だって本当に明明のご飯は美味しいし、みんなで食べてあれこれ言うのは楽しいし、料理ってのはできたてをすぐ、冷める前に食べるべきよ」

翠蘭も少し考えてから、そううながした。その場合、明明も雪英も義宗帝の隣に座るのは避けたいだろうからと、翠蘭は立ち上がって、皇帝の隣の席に移動する。

「——太監も一緒に食べましょう」

深く考えずにそう言ってしまった。

太監が面食らったような顔で「いえ」と首を左右に振る。

だが、明明と雪英が座って食べているのに、太監が立ってなにも食べないでいるのは気まずいではないか。特に同じ宦官の雪英は困るだろう。太監のほうが雪英より立場が上のはずなので。

といっても太監の立場だと素直に座ったりもしないだろう。

だから翠蘭は義宗帝に話を振った。

「太監だけ立っていられると、私、食べづらいです。私は〝みんな〟で食べたいです。太監も一緒じゃ、だめですか……陛下？」

「そうだな。——梁太監も共に食べるといい。命じる」

義宗帝がにこりと笑って太監に言う。狙い通りの言葉を引き出せて、翠蘭の口元に笑みがのぼる。そうでなくては。食事はみんなで食べるもの。

太監が目を白黒させながら、恐縮して椅子に座った。

全員が座ったのを見届け、翠蘭は「いただきますっ」と匙で粥を掬って口に入れた。煮込んだ米が甘い。干しエビでとった出汁とピータンの塩気が、身体に沁みていく。とろとろになった米を舌先で押しつぶす。米の甘みが舌に溶けていく。

次にあたためた豆乳をひと掬い。口のなかでふわんと広がるのは干しエビの出汁の旨味だ。パリッと揚げた油条をちぎって、豆乳に浸して食べると口のなかでいろんな味が一緒に交わる。豆乳に垂らした油が風味を添え、美味だ。あと少し多いと、くどくなる。けれど、少ないと物足りない。絶妙な味付けだ。

「やっぱり明明の料理は最高に美味しい。油条も私が自分で揚げるのよりずっとパリッとしてて、そのパリパリしてるのを豆乳に浸してから食べるってのがいいんだよね。あと、このごま団子は……とにかく大好き」

皮のところがもっちりしていて、嚙むとぎゅむっと弾力がある。表面にまぶされたごまが香ばしい。なかの餡はほどよい甘さで、いくらでも食べてしまえるのが怖ろしいくらいだ。

ごま団子を手づかみで食べていたら、義宗帝の手が隣からするっとのびてきた。細くて白い指が翠蘭の手首をつかみ取る。ひんやりとした感触と、柔らかい動作が、いかにも彼らしい。義宗帝は爪の形まで綺麗だ。

なにをするつもりなのかと思う間もなく、義宗帝が翠蘭の手を引き寄せ、食べかけのごま団子にかぶりついた。

「陛下っ」

悲鳴のような声が出た。

その場にいる全員があっけにとられたなか——義宗帝だけが平気な顔だ。大きなごま団子を見る間にぺろりと平らげる。ごま団子と共に指まで一緒に食べられてしまいそうで、翠蘭は慌てて、手を引いた。

「なるほど。これは美味しいな。どれ粥ももらうぞ」

次に義宗帝は翠蘭の粥の器を引き寄せて、食べはじめる。一口食べてから目を細め、無言で二匙、三匙と口に入れ、しかも翠蘭がちぎって食べていた油条の残りを手にし、その先で器用に粥を掬って頬張った。

美味しそうに食べているのは嬉しいけれど、どうして翠蘭の食べかけを……。

「陛下……なんで私のものを食べるんですか。陛下のためのものをちゃんと明明が用意してくれているのに」

思わず翠蘭は、義宗帝の手から自分の粥を奪い返そうとした。

すると、太監が義宗帝の傍らで心配そうにして椅子から腰を浮かし、

「陛下。以降はおそれながら奴才が毒味をつとめさせていただきます」

と訴えた。

——ああ、そうか。

義宗帝は、毒味役として翠蘭を使ったのだ。

翠蘭が口をつけたものならば、毒がはいっていない。安心して口をつけることができる。

毒なんて盛ったりしないわよと文句を言いかけて——けれど、言おうとした文句の言葉は、喉のところで止まってしまう。

自分のために妃嬪を集わせた後宮の、その妃嬪と宮女のことも信用できないだなんていったいどんな日々を送ってきたのだろうと、彼を哀れに感じてしまったのだ。

この綺麗な男は皇帝で——そして身近にいる誰のことも信用できない暮らしを送っている。

それはなんて寂しいことだろう。

だから翠蘭は、

「……人と一緒にする食事は楽しくて美味しいものって言ってみましたけど、実は、私、いままで三人きりでしか食べたことなかったんですよね。明明と于仙と私の三人だけ。それでもみんなで卓を囲んで食べるのが、やっぱり楽しかったんですよ」

と義宗帝に笑顔で言って、彼の目の前の器へと手をのばした。義宗帝のための食事をその目の前から奪い取るなんて無礼な行為だ。でもきっといまこの場では彼も、そして太監も、翠蘭の行いを咎めないだろう。

「五人で食事をするの、はじめてだね、明明」

「そうですね」

「明明はいつもすごくたくさん料理を作ってくれて、いつも作りすぎだって于仙に怒られてたんですよ。……この豆乳に油条をつけて食べるのも美味しいんだけど、私のおすすめは明明の豆乳に、あとちょっとだけ醬油(しょうゆ)を垂らすの。だいたい私はいつも明明より汗をかいているから、塩気を足す。それを油条にからめて食べる。陛下にはちょっとしょっぱいかもしれない……でも、どうぞ」

目の前の、口をつけた豆乳と油条を差しだした。かわりに義宗帝の前の椀や皿を自分のもとに引き寄せて、食べはじめる。

「冷めてしまうから、みんな食べてよ。さあ、太監も、雪英も」

食べながらうながすと、太監が、安堵したかのようにほうっと小さく息を漏らし——浮いていた腰をおろし、しっかりと椅子に座った。

「いただきます」

おずおずと雪英が口をつける。「美味しい」とつぶやいて目を丸くする。太監も豆乳に油条を浸して食べはじめる。明明が「お口にあうでしょうか。どうですか」と太監に尋ね、太監は「美味しいですよ」と笑って応じた。太監が翠蘭や明明を見るまなざしは、柔らかい。

「冷めていない食べ物というのは旨いものだ」

義宗帝がしみじみとそう言った。その他愛のない一言にあまりにも感情がこもっているから、翠蘭の胸がぎゅっと痛くなる。毒味をされた後の冷めた食事を、ひとりぼっちで食べている義宗帝の姿が翠蘭の脳裏にふと浮かんで、消えた。

翠蘭は黄橋焼餅を手に取った。一口食べると、さくさくの生地が口のなかでほどけ、なかから甘い蜜が零れる。香ばしくて甘い。翠蘭が思ったのは、焼きたてが一番美味しいこの菓子を、義宗帝に、熱いままで食べてもらいたいというそれだけだ。

明明は、先にまず好物を食べるのはだめと怒るのだけれど。

「これが私の一番好きな食べ物なの。熱いうちに食べてください」

そう言って齧りかけのそれを義宗帝の目の前の皿に載せる。

義宗帝が「そうか」とつぶやき、皿から黄橋焼餅を手にして頬張った。

いつもなら「好物ばかり食べるのはやめてください。甘いものを先に食べるのはだめですよ」と怒る明明だったが、今回ばかりはなにも言わない。

「これは……」

義宗帝が目を見張る。

「でしょう。焼きたてが一番だけど冷めても美味しいんですよ。この何層にもなってる皮のところがね、たまらないでしょう?」

翠蘭はつい得意げになってしまう。明明が作ったのであって自分はなにもしてないのだけれど。

そのあとはずっと、美味しいものを目の前にして、あれが美味しい、こういう食べ方が好きだと、そんなことだけを互いに話した。義宗帝の好物や雪英の好物、明明の得意料理の話に花が咲き——食事を終えた義宗帝が「そういえば」と思いだしたかのように、金の蓋のついた瓶にはいった軟膏(なんこう)を取りだした。

「額の傷がまだ痛むなら、これをつけるといい。傷が残ったとしても私の寵愛が失われることはないから、安心しろ。私は後宮のすべての妃嬪たちに対して平等だ」

と真顔で言った。

寵愛とは……と思いつつ、翠蘭は、ありがたく押し頂く。

「それから、ひとつおまえに教えようと思っていたことがあった」

とっておきのことを打ち明けるかのような少し自慢げな表情を浮かべ、義宗帝の綺麗な顔が近づいてくる。わずかに姿勢を低くして、秘密めかして小声になる。耳に吐息がかかってくすぐったい。

そして――。

「まだ太監とそのまわりの宦官しか知らないことだが、後宮の外れに象がいる」

翠蘭にしか聞こえない小声で、ささやいた。

「は？」

象というと、書物のなかでたまに言及される不可思議な形をしたあの動物？　鼻が長くてとても大きな？

なんだそれは。びっくりだ。翠蘭は一生、象というものを自分の目で見ることなんてないと思っていたのに。

しかし、後宮に象が飼われていることもだが、もったいぶって耳打ちされることにもびっくりだ。もしかして義宗帝は翠蘭のことを動物ならなんでも大好きで見たがっていると思っているのか。

「こっそりと周囲に内緒で飼っている。みなが寝静まった頃にひと目のつかぬところで象を散歩させるのが私の最近の楽しみだ。そのうちそなたも乗せてやろう」

きらびやかな笑顔で義宗帝が言った。毎回、想像の斜め下くらいに少しずれたことをしてくれる皇帝である。

象なんて大きなものを内緒で飼えるものなのか。この敷地面積だとしたら、後宮の外れにはひと目につかない場所があるのかもしれない。

——素っ頓狂でおかしくて、なんとなくちょっとだけ、かわいい……かも？

見せてくれるんじゃなくいきなり乗せてくれる約束か。でも乗れるものなら嬉しい。

「あ……ありがとうございます」

翠蘭は引きつった顔で感謝を述べた。

食事を終えた義宗帝は、羊車に乗って帰っていった。車を引く羊を好きに撫でさせてくれたのは義宗帝の善意の表れであろう。間近で見た羊は思っていたより大きく、かつ、虚無の目をしていたので愛らしいようでいて怖かったりもしたのだが。

義宗帝を見送った水月宮——場所を移し、翠蘭は長椅子に座り考え込む。

食事そのものは楽しかった。義宗帝に対しての好感度も上がった。どこかがずれているが、それでも翠蘭はいまのところ彼が嫌いじゃない。

だいいち、義宗帝は顔がいい。大口を開けてごま団子を頬張っても、見目麗しい気品があるのはたいしたものだ。

しかし、それはそれとして。

――幽鬼について調べてくれって。

しかも、とらえるか、二度と現れぬようにしてくれとは。翠蘭は道士でもなんでもないただの妃嬪――昭儀でしかないのだが。

翠蘭の実力を高く見積もりすぎではないだろうか。

なにから手をつけるべきか、さっぱりだ。

明明はさっきから浮かない顔で、落ち着かないのかうろうろと歩きまわっている。こつこつこつと明明の足音が響き渡る。雪英はというと翠蘭と明明とを見比べて、眉を下げて、おろおろしていた。

義宗帝が幽鬼の出る場所のいくつかに案内してくれるらしい。

十日後の夜と日が定まった。

「なんでみんなで幽鬼を探しにいくことになってしまったんですか。私、正直なところ幽鬼なんてまったく見たくないんですけど。夜に呼ばれてお会いするって実質、夜伽ってことですよね。私たちが同席するのはお邪魔でしょうし」

最初に口を開いたのは明明だ。

「夜伽じゃないわよ。絹の袋もお迎えもなしにしてくれるって陛下は約束してくださったわよ」

夜伽扱いは嫌だと内心で案じ、つい渋ってしまった翠蘭を見て、義宗帝はなにかしら察したようであった。「夜の散歩をするだけだ。私は心根の幼い妃嬪たちに対して無理強いはしない皇帝であるから、そこは案ずるな」と言ってくれたのである。

心根が幼いというのもどういうことだと思ったが——言い得て妙だと納得する。

——私の心根はたしかに幼い。

義宗帝は存外、他人のことをよく見ているのかもしれない。そこはやっぱり皇帝なのだ。しっかり観察した結果として、羊を見せてもらったり、象に乗せてやると言われたりしている自分の心根についてもっと憂うべきなのかもしれないが、それはそれ。

「まだ後宮に不馴れな私のために、みんなで夜の後宮をそぞろ歩くだけですって。ありがたいわね」

「ありがたくないですよ」

「なんなら明明は留守番してくれてていいわよ」

こつこつこつ。

せわしなく動きまわる明明の足音。かなり動揺しているのだろう。

「……そんなわけにはいかないでしょう。娘娘だけで宮の外に出したらどうせろくなことにならないんです。だいたい幽鬼なんていないないに決まってるのに。くだらないったら」

「さあ、どうかしら。見たことはないけれど、だからって〝いない〟って断じることもできないわ。〝いない〟ってことの証明は難しいもの。実際のところ、私たちはいままで気がついていないだけで、この水月宮にも幽鬼がたくさんいるのかもしれない。後宮で亡くなった妃嬪に宮女、宦官はたくさんいる。想いを残して亡くなった人たちがそのへんを漂っていてもおかしくはないかもね」

椅子に座り、翠蘭は鞘に入った剣の先で床を軽く叩きながら、そう返した。こつこつという足音にあわせ、剣で床を鳴らす。こつこつこつ。いくつもの音が混じり合う。

「なんで今回に限ってそんな言い方するんですか……。鯉の死因は呪いなんかじゃないって言ったのに」

「だってあれは鯉の鰓にたまった泥を見て、呪いじゃないって確信できたもの」

幽鬼については、見ていないし、まだ調べてもいないのだ。〝いる〟も〝いない〟も断言できない。

「でも、いままで目撃したっていう人たちは見鬼の才はないんでしょう。見間違いかも……」

明明が妙に食い下がる。そういえば、彼女は昔からこの手の話に弱かった。怖がりなのだ。

「才がなくても見えてしまったっていうのは……その幽鬼ってよほどなにかに恨みを抱いていて、すごく力のある幽鬼ってことじゃない？　見鬼の才のない人にも見えちゃうくらいの怨念があるのかも」

悪戯心が湧いて、ついそんなことを言ってしまった。本気ではない。明明と違って、翠蘭は幽鬼とか妖とか呪詛といったことに関しては懐疑的だ。まったく〝ない〟とまでは言わないが、八割くらいはなにかの影や獣を見間違え、恐怖心で闇を粉飾し想像で練り上げた架空のなにかなのだと思っている。

「そんなの……そんなの調べたら……私たちまで呪われちゃうかもしれないじゃないですか……」

しかし、翠蘭の言葉に、明明の顔色がどんどん青ざめていく。

「そうね。まあ、陛下が呪われるより私が呪われたほうが、まわりも納得するでしょうし──いざというときは私が率先して呪われるわよ。安心して。明明のことは守るし、陛下も守るから。もし本当に幽鬼がいるんだったら、明明も陛下も押しのけて、私が先に立って幽鬼に斬りかかる感じで……幽鬼って斬れるのかな」

実体があるのか、ないのか。

笑い混じりでそう言ったら明明が泣きそうな顔になった。

「冗談はやめてください、娘娘。娘娘はすぐそういうことを言うからっ。そしてやってのけるからっ。だから幽鬼の調査なんて嫌なんですっ。危ないことはしないでください。額の傷だってまだちゃんと乾ききってもいないのにっ」

「もし斬れるのならば……実体があるっていうことよ。実体のある相手なら、殴り倒して捕まえられる。そういう相手なら私たちを呪ったりしない。斬りつけられないときは——そのときはそのときで、あらためて考えるし——無茶はしないから」

「斬りつけようとする時点で、無茶なんですって」

そのとき——。

こつこつこつ。

音がした。

他の誰もが気づいていないとしても、翠蘭だけはその物音に感づいていた。

さっきからずっと聞こえている。

明明の歩く音。翠蘭の剣が床を叩く音。そして別な足音が。

「……静かにして」

翠蘭は明明に告げて、剣を片手に立ち上がる。

耳を澄ませ、翠蘭は部屋の入り口に忍び寄る。

遠くから、こちらを探るように、水月宮の房をひとつひとつ検分しながら、誰かが翠蘭たちのいる場所にゆっくりと近づいてくる。

いったい誰が——これは人か——それとも水月宮に想いを残した幽鬼の足音か——。

足音が止まる。

「……翠蘭娘娘」

か細い声で戸の向こうから呼びかけられたのと、翠蘭が自ら戸を開け、鞘から剣を抜いて振りかざしたのは同時だ。

入り口からなかをのぞき込んだ人影に、翠蘭は剣の切っ先を突きつける。

「ひっ」

翠蘭に剣の切っ先を突きつけられて、のけぞって情けない声をあげたのは——年若い宦官だった。

「翠蘭娘娘、この者はあやしい者ではございません。芙蓉皇后さまの宮につとめる宦官——春紅でございます」

雪英がそう言って、春紅へと駆け寄る。

春紅は剣に怯えたのか、その場にくずれるようにへなへなと膝をついた。雪英同様、小柄で細く、まだ幼さの残るおもざしの宦官である。

「申し訳ございません。驚かすつもりではなかったのです。門が開いておりまして、宮女も見当たらず、警護の者もおらず、進んでみても誰もいらっしゃらないので、無人かと」

春紅がおどおどとして言う。

翠蘭は剣を鞘におさめ腕を組む。

「奴才、申し上げます。考えが至らず無礼なことをいたしました。この罰、いかようにでも我が身に引き受けます」

春紅が慌てたように叩頭する。

「頭を上げて」

そう言うと春紅がおずおずと目線を上げた。

その顔を見て、翠蘭は「脅かしすぎたな」と反省する。剣を突きつけるのは、やりすぎだった。

罰を受けるのは仕方ないことだというような、あきらめた目で春紅は翠蘭の斜め下を見据えている。歯を食いしばっているのか口元から顎のこわばりが強い。

「ただ、これだけはお受け取りください。奴才はこのためだけに水月宮を訪れたのです。その後はいかようにでも翠蘭娘娘に我が身をまかせますので、これだけは」

春紅はずっと握りしめていた桃の枝を翠蘭に向けて捧げ持った。

桃の枝にはよく見ると紙がくくりつけられている。

袖口から覗く手が震えている。

「ごめん。私もあなたを驚かすつもりじゃなかったの。私はあなたを斬らないし、打ちもしないわ。安心して。それに、あなたこそが私に文句を言っていい状況ね。私たちは、門に人を立てるか、そうじゃなきゃ入り口の扉を閉じるべきだった。あと鍵をかけといたほうがいいんだね」

よく考えたら義宗帝も勝手に侵入して座っていた。

そのまま義宗帝を見送ってからも門も扉も開け放したままだった自分が悪い。

水月宮、人手不足はいいとして——不用心が過ぎる。

山で暮らしてたときは入ってくるのは虫くらいなものだったから、迂闊すぎた。

「後宮って鍵をかけないとみんな入り放題なんだね。山ではそういうこと意識したことなかったもんなあ。猪の侵入にだけは注意してたけど」

「そうですね」

明明がうなずいた。

「春紅といったわね。ありがとう。春紅のおかげでいい勉強になったわ。明明、これから私たち、戸締まりを気にしましょう」

「はい。娘娘」

翠蘭は桃の枝を受け取って結ばれた文をほどく。

整った字で書かれているのは、水晶宮——後宮の東にある皇后が暮らす宮からの「一週間後の昼にでもお茶をいかが」という招待状である。読み進めていった末尾の文で、翠蘭はわずかに眉根を寄せる。

当たり障りのない通りいっぺんの文言の最後に「西王母の庭ではございませんが」とされていた。

「これって……」

仙境の崑崙山で暮らす王母娘娘——西王母の庭には不老不死の妙薬の聖なる桃が生っているという伝説に見立てて——昨日、輿入れのときに池の鯉に桃の枝を献げたことと自分の宮の庭でのお茶会をかけあわせての一言なのでは？

だとしたら、池の鯉に触れたこと、それを理由に義宗帝がいまさっき水月宮を訪れたことが、皇后にはすでに伝わっているのか？

そのうえで翠蘭に興味を抱いたから、会いに来いという手紙なのだとすると少しは身構えて出向かなくてはならないのかも。

皇后を敵に回したくない。疎まれるようなふるまいはしたくない。

この国のなかで一番の権力者ははっきり言って皇后なのだ。

「春紅、立って」

翠蘭は無意識に春紅の腕をつかんで引き上げた。

触れてみれると、広袖に包まれている春紅の腕があまりにも細くて華奢すぎる。思わず翠蘭は小さく息を呑んだ。ちゃんと食べているのだろうか。まだ子どものようなものなのに、こんなに細い手足で大丈夫なのか。

と考えたのと同時に、

「それから、明明、今朝の黄橋焼餅が残ってるわよね。春紅にも食べてもらいたいから持ってきてくれる」

口からそんな言葉が零れ落ちた。

食べることが大好きな翠蘭は、身に肉のついていない年若い者を見ると、とにかくなにかを食べさせたくなるようであった。いままでは自分より年の若い者と会うことはなく、自分より細く小さな肉体を持つ者は明明だけだったので、そんな自分の性癖に気づくことはなかったのだが。

「はい」

明明が応じ、ぱたぱたと去っていく。

「あの……」

「いいから。座って」

狼狽（うろた）える春紅を、翠蘭は椅子へと押し込めて、座らせた。こういうのは堂々として命じるに限ると、翠蘭は昨日今日で義宗帝に「直に」教わった。皇帝としてはそんなことを教えているつもりもなかったのだろうけれど。とにかく有無を言わせぬ勢いが大事だ。

翠蘭はその隣の椅子を引いて、座る。

皇后からの招待を断るわけにはいかない。

さらになんらかの対策を施さずに出向くわけにもいかないようだ。

卓に肘（ひじ）をつき、春紅を見る。

「もちろん皇后さまからのご招待を断ったりはしないわ。だから、ここでお菓子を食べるあいだだけ、私の質問に答えてくれる？　その後で、喜んで伺いますと返事を伝えてちょうだい」

「……はい」

明明が皿に盛った黄橋焼餅を運んでくる。特になにも言わなかったが、お茶の入った杯も盆に用意されていた。さすが明明。気が利いている。

翠蘭は黄橋焼餅をひとつ手に取り、自ら、春紅の手に握らせる。

「食べて。美味しいから」

「は……はい」

春紅は困惑の表情のまま、手にした焼餅に口をつける。おずおずとひとくち食べると、目が丸くなった。その様子に、翠蘭は笑顔になって、うなずいてしまう。

「美味しいでしょう。遠慮しないで、食べて。で、私の他には誰が呼ばれているの？」

ただ食べさせるだけだとたぶん春紅は恐縮してしまうだろうから、適度に質問もしないと。

「水清宮（すいせいきゅう）の司馬貴妃と水明宮（すいめいきゅう）の郭徳妃（かくとくひ）です」

司馬花蝶。

郭桜花（おうか）。

皇后の次に位の高い四夫人のうちの、ふたりである。

「水清宮っていうと、御花園の東側だね。水明宮も後宮の東ね」

場所からいって翠蘭より地位の高く帝の寵愛も深い妃嬪だ。

「はい」

「あ、お茶もどうぞ。飲んで」

適当な頃合いでお茶をすすめる。

「は……はい」

――ひな鳥にご飯を食べさせてる感じ。

ちょっと、楽しい。

翠蘭は春紅に黄橋焼餅を食べてもらいながら、皇后の人となりやお茶会に呼ばれた他の妃嬪たちについての情報を仕入れることにした。

「雪英、春紅、できたら貴妃と徳妃について教えてもらえたら嬉しいわ」

即座に「はい」と言ったのは春紅だ。

「貴妃は司馬花蝶――お会いすれば性格はすぐにわかるかと思います」

地方出身の文官の娘で、嫁いだのは五年前。育てばものすごい美女になることだろうが、いまのところはまだ幼さが先に立つ。皇帝は司馬貴妃の愛らしさを認めているが、あまりに幼すぎて昼に水清宮を訪ねるのみで夜伽を命じたことはないとのこと。

残りは雪英が引き継ぐ。

「徳妃は郭桜花。主上のご寵愛も深く、内親王の母でもいらっしゃる。皇后さまがいらしてすぐ後に、徳妃として後宮にお入りになられました。武官の娘で、二十八歳となられました。武官の娘と聞いて皆が思い描くのとは正反対の雰囲気をお持ちで、桜花という名のままの、愛らしい徳妃さまでいらっしゃる。兄上は武で名を上げて千人将をまかされています」

とはいえ、華封の国では名のある将軍、武人は先の戦いで皆命を潰えているため、いま武官を名乗っているのは新興の成り上がりの家か、もしくは先の戦で命を償う必要もないほど無力だった家の後継者。徳妃の実家は前者で、兄が己が力で出世したため、武の誉れのある家として認識されているだけで、名家というわけではない。

華封で政にたずさわっているすべての官僚や貴族は名家ではないのだ。名をあげた者たちは皇帝以外みんな死んでいるとのこと。

しかし、聞きたいことはいくつもあるようでいて、口にしてみればそうでもない。

実際に会ってから判断すればいいことも多そうなのと、なにより翠蘭は単に春紅に黄橋焼餅を食べてもらいたかっただけなので。

「春紅さん、芙蓉皇后さまはお美しいんですよね。どのようなものをお召しになることが多いのかわかりますか」

一方、明明は目を輝かせてそんなことを聞きはじめる。

「はい。皇后さまは今日は緋色の上襦をお召しになっていらっしゃいました。裳も赤くて、金の刺繍が入っていらして」

「髪飾りは？」

「翡翠と金です。皇后さまは赤い髪と緑の目がとてもお美しい女性でいらっしゃるので」

明明が「ああ、だとしたらうちの娘娘には珊瑚や翡翠の飾り物は避けなきゃね。かぶってしまうから」とうなずいている。

翠蘭はというと、自分がなにを着たり、髪飾りをどうするかなんて考えてもいなかった。

「えー、赤い髪って私は物語のなかでしか知らないわ。お会いするのが楽しみ」

と、うきうきと、つぶやく。

華封の民はだいたいが黒髪で黒い目だ。赤い髪や金の髪のひとびとが異国にはいると聞いているが、実際に見たことはまだない。

「はい。夏往の国でも皇后さまの髪の色は珍しいとのことです」

「じゃあ郭徳妃と司馬貴妃はどうかしら？」

明明が身を乗りだし、尋ねる。

春紅は少し考えてから、

「徳妃さまは桜色のものをよく身につけていらっしゃいます。お茶会の日にお召しになるかはどうかわかりませんが……春ですから桜かも」

と応じた。

なるほど。桜花という名前にちなんだものだろうか。

「そうなのね。では、淡い桃色や桜色は避けたほうがよさそうですね」

明明が強くうなずく。

「貴妃さまはそのときどきで違うので、いらっしゃるまでわかりません。真っ黒な上襦のときもあれば、緑もあるし、紺色も、桜色も……」

「ずいぶんと、とりとめがないのね……」

眉をひそめて首を傾げた明明に「貴妃さまはまだお若いので、気まぐれなところがあるのです。御年まだ十一歳で……」と春紅が補足する。

「十一歳。それは……若い」

思わず翠蘭はうなってしまった。

翠蘭もまだ十八歳で若いわけだが、十一歳は若いというより――子どもだ。

自分はその年の頃はまだ山を走りまわって、木登りをして転げ落ちて明明に叱られていた。なのに司馬花蝶は後宮に嫁いで貴妃の位について皇后と顔を合わせて食事をしているのか。

感心しているあいだに、春紅が黄橋焼餅を食べ終えてしまった。名残惜しそうに皿に残ったものを見ているので、翠蘭は明明に伝え、黄橋焼餅を三個包ませる。

「戻ってから、食べるといいわ」

「あ……ありがとうございます」

大切そうに懐にしまう様子を見て、翠蘭と明明は顔を見合わせ、微笑む。

「気をつけてお帰りなさい。皇后さまには、ご招待ありがとうとお伝えしておいて。ちゃんと時間通りに伺うからって」

「はい」

門までついていって見送り——今度こそ鍵をかけた。


その二刻後——。

翠蘭は雪英と明明と共に冷宮に向かう道を歩いていた。

「幽鬼について調べてまわりたいし、幽鬼について報告した宦官や宮女に会いたいし、よく幽鬼が出てくるという冷宮も見たいし」

雪英に頼んで手配をしてもらい、宦官とは冷宮に近い人の行き来のない場所で待ち合わせることになった。雪英からすると話をしやすい宦官としづらい宦官がいて、待ち合わせをしてもらえたのは雪英からでもお願い事のできる相手なのだと聞いている。

水月宮の門を抜けると、爽やかな風が翠蘭の頬に吹きつける。視線を上げれば、今日は晴天で、日がまぶしい。丹陽城の黄瑠璃(こうるり)の瓦屋根が陽光を受けてひかっている。

ちょこちょこと後ろを歩く雪英が疲れないようにと気をつけ、翠蘭はゆっくりと足を進める。明明は翠蘭同様、歩くことに慣れているが、雪英がどうかはわからない。負担にならないように気をつけないとと思いながら、翠蘭は、自分の一歩の歩幅から距離をはかっていく。

翠蘭が自分の足で歩きたがるのは、脳内に地図をしるし、刻むため。山ではいつもそうやってきた。後宮でも同じことをする。そうしておくとどこでも迷わないで歩けるようになる。太陽の位置がどの時間にどこにあるのか。風向きはどうか。身体を使って、頭のなかにしるしていく。

「つくづくと広いわね。ここまで広いと暮らしている人間にも全部が把握しきれていないってこともあるのかしら?」

雪英が翠蘭の問いに「はい」とうなずく。

「お仕えしている宮、人が暮らしている宮はわかるのですが、それ以外の城壁に近い果てのほうになると私はまだよくわかっておりません。さすがに太監は全部を掌握されているはずですが……」

「どこになにがあるか不明の土地で過ごすのは不安だけど……みんなはそうでもないのよね」

そういえば明明も道や山の様子なんてどうでもいいと言っていた。人それぞれ。そういうものか。

話しながら翠蘭がまず最初に向かうのは御花園だ。

今日もまた池には宦官たちが集っていた。ひょいっと首をのばして様子を見ると、宦官たちはどうやら池の水をさらっているようである。

いつからはじめたのか、水はくみ上げられ、池の底がよく見える。池の縁に、掬い上げられた汚泥が小さな山を作っていた。堆積しているのは、黒い水と赤茶色の泥。身を屈め泥の山に手を突っ込むと「娘娘っ」と明明が声を荒らげた。

「泥遊びをしている場合ですか。子どもじゃないんですよ」

「子どもじゃないんだけど、ただ土の種類がここだけ違うなって……。ほら、御花園は花園だから植物がよく育つような肥沃(ひよく)な黒い土でしょう。でもこの土は赤いのが混じってい て……」

「もうっ。言い訳はいいです。これで手を拭いてくださいませ」

明明が懐から白い布を取りだし、翠蘭に突きつける。受け取って指や手のひらを丁寧にぬぐう。布はまたたくまに黒と赤の泥にまみれ、汚れた。

「娘娘っ、そんな汚いものを娘娘に持たせておけません。私にください」

言われた言葉を右から左へ聞き流し、翠蘭は布をくるりとおおざっぱに巻き取って、自分の懐にしまう。

明明は「娘娘っ」と口を尖らせたが、それ以上、文句を言うことはなかった。おそらく懐に入れたものを無理に奪い取るには、ひと目があり過ぎるからだろう。

——汚いものだから私が持っていたいのよ。

土が二種類混じりあっているというのが布の汚れでわかったから。

洗ったり、捨てたりしないで、この土と同じ色の土が後宮のどこにあるのかを調べたかった。触れて、拭うことで、比較ができる。

池の鯉と幽鬼は関係はなさそうだけれど——。

考えながら翠蘭は雪英に尋ねる。

「幽鬼が出たという噂があるのは御花園から冷宮に至るまでの広範囲って聞いたんだけど、具体的にどのあたりか雪英は知っているのかしら」

「はい。御花園の池のまわり、柳の木の下、あとは冷宮に至る道の雑木林に、冷宮の門のあたりです」

冷宮とは、皇帝の寵愛を失ったり、罪に問われた妃嬪などが放り込まれる後宮のなかの牢獄のようなものである。病になっても放置され、衣食住もままならず、あらゆることで捨て置かれてしまうと聞いている。罪を償うためならまだしも、寵愛を失ったからといって送り込まれるのはたまったものではないのだが。

「いま冷宮には誰かがいるの？」

怖々（こわごわ）尋ねる。

「おりません。無人です」

「よかったー。昔そこに誰かが放り込まれたことがあるというのは過去の話だからまだいいけど、いまそこに誰かがいるなら地続きだし、いたたまれないなあって思ってた」

ほっと胸を撫で下ろす。

できるだけ冷宮には無人であってもらいたい。自分が入るのも遠慮したい。

それはそれとして雑木林があるとは、後宮とはすごいものだ。羊も飼われているし、象もいるし、雑木林はあるし、池も川もあるとなると「すべて」がここにあるようなものだ。都市と自然が城壁に囲まれてひとつになっているということだ。

これは、あちこち歩いてまわるだけでいくらでも時間つぶしができそうだ。

しかも――。

「動物より人間の数のほうが多いって、すごいわ後宮」

ぼそりとつぶやくと明明が「本当に」とうなずいている。

御花園から東に向かうとすぐにあるのは、水清宮。閉じた門の向こうの様子は窺えないが、宮そのものは翠蘭の水月宮と相違があるわけではないだろう。東の宮の内装のほうが凝っていて、敷地も広いというのはあるとしても。

素通りし、北にのぼって冷宮に向かって歩いていくと、石畳がところどころ欠け落ちたまま放置されていた。

それでも進んでいくと、とうとう石畳がなくなってしまった。

「ここで石畳が途切れている」

つぶやいて、立ち止まる。

雑草が生い茂り、野放図にのびた野薔薇の茂みが行く手を遮る。剪定されていない木々の荒々しさは、翠蘭の目には馴染みのものではあるのだけれど——。

道ですら手入れをされていないなら、この先にある冷宮はどんな有様なのか。

「でも、道は、ある」

石畳はもうないが、目を凝らしてよく見ると、のびはじめた草を踏み倒してできた細い獣道がずっと向こうに続いている。

——ということは、誰かがここを通っているのだ。

誰も通らなければ草が生い茂り道の痕跡も消えてしまう。

「冷宮に用事がある人っているの？」

「用事がある人はいません。無人ですから。そのぶん、ひと目を避けてなにかをしたい者同士がここで密会することは多いです」

「たしかに私たちもいまから宦官と落ち合う予定だものね。ひと目を避けたいわけじゃなくて、幽鬼がよく出るっていう冷宮の側を見るついでに場所を指定しただけなんだけど」

もしかしたら宦官は「ひと目を避けた話し合いだ」と思ってやって来たりするのだろうか。

ことのついでに、翠蘭は、しゃがみ込んで、土を指先で掘り起こす。池の土のことも脳内でぼんやりと考えていたので土の種類が気になったのだ。

「同じ後宮なのに御花園の土みたいな黒土じゃないんだ。ここのは赤い」

懐から布を取りだし手を拭いた。

赤みを帯びた茶色だ。粘土のようなこの土は、こねあげて焼くと良い器になるのかもしれないが、植物の育成にはあまり適していない。野薔薇と雑草だらけなのはそのせいか。これらは荒れ地にしか生えない植物だ。

華やかな植物を移植してもこの土では育たないだろう。

「娘娘。なんでまたそんな泥遊びみたいなことを」

明明が翠蘭を叱責するために隣にしゃがみ込む。草の根が張っていてなかなか土が深くまで掘れず難儀している翠蘭の手を止めて、きっと睨みつける。

「ごめん。遊んでるわけじゃなくてさ……土の種類を知りたくて」

空いているもう片方の手で地面をさらに掘り起こしはじめたら、明明が「雪英さん、娘
娘を止めるのに手を貸してください」と言いだした。

「え……はい」

戸惑った顔で雪英もその場にすとんとしゃがみ込み、翠蘭の手を取った。

——なんだこれ。

三人で手をつないでしゃがみ込んで頭をつき合わせている現状がおかしくて、翠蘭はつ
い笑ってしまう。

「な……んで笑うんですか」

明明が目をつり上げるが、普通、これは笑うのでは？

「だって……こっちのほうが子どもの遊びっぽいじゃない。手をつないでみんなでしゃが
み込んで」

握られた手をぶんぶんと大きく振ると「え」と明明が目を丸くした。

ぶんぶんぶんっと振り回して笑うと、つられたように雪英も笑う。しまいには明明もく
すりと笑った。

と——。

草を踏み分けて歩く足音が聞こえてきた。

「……たぶん待ち合わせてた宦官が来たんだわ」

だが、立ち上がりかけた翠蘭は眉をひそめ耳を澄ます。ひとりだけではない。足音はふたりぶんだ。

明明と雪英が慌てて立ち上がろうとするのをぎゅっと手を引いて留め、無言で首を左右に振った。静かにと動作だけで伝え、気配を探る。

案の定、

「広漢（こうかん）、例のものは持ってきてくれたの」

足音のあとに聞こえてきたのは女性の声であった。宦官ではない。

ゆっくりと音をさせずに手をついて茂みの隙間から向こう側を透かし見る。後宮入りした日に池のところでえらそうに命令をくだしていた太った宦官と、宮女がひとり、向き合っている。宮女の顔は葉に遮られていて、よく見えない。

広漢というのは宦官の名前だろう。

「持ってきました。でもいちいちこうやって検分しようとするのは、そろそろやめてもらいたいところですな。嘘の記録をつけるだけでもこちらは危ないことをしているんですよ。なのに信用しないで定期的に記録を見せるようになどと」

「それだけのものを渡してるでしょう。文句は言わないで」

宮女がいかにもたっぷり中味が入っていそうな小袋を広漢に押しつける。手のひらの上で重みを確認してから、にやりと笑って袋を懐にしまい、かわりに帳面を一冊、宮女に手渡した。宮女は素早く頁を捲って眺め「ちゃんとしているようね」とつぶやいてから、ぱたりと閉じる。

広漢はそれをひったくるようにして奪い返す。

「この調子で頼むわ」

高飛車な調子で言い捨てて宮女が去っていく。残った宦官は宮女が去っていくのを見送って、完全にいなくなってから「林杏のやつ、使われている身で、えらそうに」と顔を歪め、つぶやいた。

林杏というのはおそらく宮女の名前であろう。

――これは……叔父が言っていた宦官への賄賂っ。

まさか目撃してしまうとは。

貴重な体験をさせてもらったなと感心していたら、明明の身体がぐらりと傾いだ。咄嗟に側にある茂みの枝に手をのばしてしまい、枝と葉ずれの音が響く。

「誰だっ」

広漢の声に、翠蘭はためらわず立ち上がる。片手で「あなたたちはそのまま座っていて」と合図して、茂みを通り抜けて広漢に近づく。

「水月宮の昭儀です。あなたは広漢ね。その帯の色は地位の高い宦官よね。いったいこんなところでなにをしていたのかしら」

「え……」

先に高みに立った者勝ちだというのは——これもまた義宗帝とのやり取りで学んだ部分である。強い者勝ちというところだ。そして、地位だけでいくと宦官よりは昭儀のほうが位は高い。

「昭儀がそのような恰好で歩いているはずがない……」

たじたじと後ずさりながら視線は翠蘭が腰に下げた剣に釘付けである。

「歩いているはずがあるのよ。変わり者だから。むしろ私としては昨日の着飾った恰好のほうが珍しいのよ。みんな早くこの恰好で私が出歩くことに慣れてくれるといいと願うわ。ところで——」

翠蘭は広漢に詰め寄って、

「さっき見せていたもの、私にも見せてくれる？」

と小声で言った。

「え……いや……しかし」

「見せてくれたら、ここで見たことは誰にも言わない。逆に言うと、見せてくれなければ、誰かに言うわ」

そして、目線を合わせてさらにぐっと距離を詰め、懐から銅銭が入った小袋を取りだし相手の胸元に押しつける。たいして中味は入っていない小袋だが、持ち歩いていて本当によかった。叔父たちがいついかなるときにも後宮では賄賂が効果的だと言っていたから、常に懐に入れておくよう心がけていたおかげである。ろくな親族ではないのかもしれないが、その分、翠蘭の実家のみんなはろくでなしの理屈をよく知っている。

清廉潔白な明明や于仙では翠蘭に教えられなかったことを、女らしくしとやかになるための身支度と共に見聞させてもらった。ありがたい話だ。

「わ……わたしが見せたとは言わないでくださいね」

「もちろん」

手渡された冊子をぱらぱらと捲る。宮の名前が記載され、後宮の妃嬪たちの名前がずらりと並んでいる。日付の横にところどころ朱色の線が引いてある。さらに朱色で丸を描いてあるところもある。

「これは、なに？」

「なにって……わかりもしないで見せろって言ってきたんですか」

小馬鹿にしたように言うので、広漢の袍の襟元を両手で摑み取り、ぎゅっと引き上げる。

それだけで広漢は目を白黒させた。

「わからないわけじゃなく、わかっているけれど、あなたの口から聞きたいの」

はったりだ。が、広漢はそれで納得したようだった。あるいは単に襟元を締めつける力が強かったからか。

「わ、わかりましたよっ。手を放してくださ……苦しっ」

ぱっと両手を離すと、広漢は引き攣った顔で、

「それは……陛下の伽を務めた数と妃嬪たちの月のしるしとを書きつけたものです……」

と答えた。

「ええ。そうね」

もともと知っていたけれどあえて問いつめて暴露させたのだという体で澄まして応じ、頁を捲っていく。妃嬪の数の多さに目眩がしそうだ。この丸は伽に呼ばれた日付なのか。線があるのは月のしるしか。

一番直近で伽の相手をしたのは徳妃で、その直後から月のしるしがあって……。

自分もここに名前を載せられ、こういったことを細かに記録されるということか。つくづく、とんでもないところに来てしまった。

「ありがとう。わかったわ」

いや、なにひとつわかってないが。

じっくり見たいものではないということが、わかったので、よしとする。

冊子を返すと、広漢はそそくさと懐に隠し持ち逃げするようにしてその場を去っていっ

たのであった。

広漢がいなくなってから「もういいわよ」と声をあげる。

明明と雪英が茂みの奥から顔を覗かせた。

「娘娘、あなたまた無茶をしてっ」

明明がつんのめるような勢いで近づいてきて、上目遣いで嚙みつくようにそう言った。

「うん。ごめん。敵をひとり作ってしまったかもしれないね。でも、賄賂と権力と腕力でどっちにでもつく相手をひとり見つけたというのは、いいことなのかな。最初に見たときから、彼の印象はあまりよくなかったしなあ。やたら怒鳴りつけていて……」

「娘娘っ」

ものすごく怒っているとしみじみ眺め、翠蘭は明明の髪に手をのばす。隠れているあいだについたのか、緑の葉が髪に載っている。

「葉っぱ。明明がつけていたら葉っぱであっても愛らしいけど」

つまみあげ、地面にはらりと落とす。

「娘娘っ、話をそらすんじゃありませんっ」

「そらしたわけじゃなくてさ……」

怒濤の叱責が開始されようとした、そのときだ。

またもや足音がして「あの……張昭儀」と名前を呼ばれた。

くるりと振り返ると——相手は宦官である。

顔が丸い。けれど身体が細い。そして背丈はひょろりと高い。背の高さだけなら皇帝に並ぶ。宦官は総じて年齢不詳だが、この宦官はたぶん翠蘭や明明よりもう少し年上だ。眉尻が垂れていて、愛嬌（あいきょう）があるが、同時にそれがとても情けない。

おずおずとした顔で「奴才、雪英にここに来るように言われて参りました」と拱手する。

「あ、幽鬼を見たという宦官の……条恩（じょうおん）よね。ありがとう。わざわざここまで来てくれて。待ってた。すごーく待ってたわ」

駆け寄って相手の前に立つと、申し訳なさそうに必死の面持ちで謝罪をはじめる。

「お待たせしてしまって申し訳ございませんっ」

「ううん。いいの。待っていたけど、とてもちょうどいい頃合いに来てくれたから」

おかげで明明の叱責を先延ばしにできる。

「条恩、あなたが幽鬼を見たのは冷宮のこのへんでいいのかしら」

「はい。この手前の細い道のあたりで、それで右手の茂みからこう……音をさせてがさがさと幽鬼が出てきて」

説明しながら、条恩はちらちらと翠蘭たちの背後に注意を向ける。茂みが風で揺れるたびに、びくりと身体をすくませる。

「どんな幽鬼だったか、でございますか？　どんな……というと……あれです。少し前に亡くなった水清宮の宮女、月華に似ていたような気がします。どうして似ていたような気がしたか？　背恰好でしょうか……よくはわからないのです。顔はよく見えなかったので」

「顔がよく見えないって？」

「顔の上半分が隠れる頭巾のようなものを頭からすっぽりとかぶっていて顔のところは影になってよく見えなかったのです。なのに、どうして幽鬼だと思ったか……ですか？　目のあたりは隠れているけれど……口だけは見えたんです。その口が赤くて、それでこう……耳まで裂けていたんですよ。それに血のようなものが口元から滴り落ちて……地面に零れ落ちていて。暗闇からそんな女が出てきたら幽鬼だと思うじゃないですか」

話しているうちに、そのときのことを思いだしたのか、条恩はぶるりと震えた。

「怖かったか、ですか？　……はい。怖かったです。奴才はそういうのはあまり得意ではありませんので。たまに肝試しと称して夜に出かけていく同朋もおりますが……とんでもない話です。あれからもうずっと夜に出歩く仕事からはできるだけ逃げ回って……あ、いや……お恥ずかしい限りですが」

「うん。得手不得手ってあるものね。幽鬼が苦手だからって咎められるようなことはないし、別にそれでいいんじゃないかしら」

真剣にうなずくと、条恩がほっとした顔になった。

「……あの夜、驚くと声が出なくなるんだと知りました。無言で、逃げました。逃げている途中でやっと、悲鳴をあげることができました。情けないと言われてもかまいません。怖いものは怖いんですから」

「……そう。昼とはいえ、そんな怖ろしい思いをした場所に呼び立てて悪かったわ。ごめんなさい。もっと別な場所で話を聞けばよかったわね」

「いえ」

「このへんは夜に明かりも灯っていないのでしょう？」

「はい」

「そう。もしよければ水月宮に寄っていってお茶を飲んでいかない？　そこでもうちょっと詳しくお話を聞かせてもらえると嬉しいわ。とても美味しいおやつがあるの。一緒に食べましょう」

「え」

「そもそもこんなところで話をさせようとした私が馬鹿だった。ごめんなさい。こういう話は落ち着いて座れる場所であたたかいお茶を飲みながらするものね。それに、なによりあなたは雪英と仲がいいのでしょう。だったら、私もあなたのことをよく知りたい。明明、いいわよね？」

といってもう、幽鬼について聞きたいことは終わってしまったのだけれど。

ただ、雪英の友人ならばもてなしたいし、ぶるぶる震えて、葉ずれの音にもびくついている条恩の姿に、悪いことをしたなと反省したのだ。自分が平気だからって、他人も平気だとは限らない。こんなに怖がっていたのに、幽鬼を見た場所にわざわざ呼びだして話を聞きだそうとすべきではなかった。

「はい」

明明がうなずいた。

そうして翠蘭たちは四人で水月宮へと戻ったのであった。

＊

翠蘭たちが水月宮でお茶を飲み、楽しく談笑をしているそのとき。

義宗帝は、執務の傍ら、かつての記憶を思い起こしていた。

——張昭儀は十八歳。

まだ若いし、どうやら心も幼いようだ。

——といっても司馬貴妃ほどには幼くないが。

一部の者しか気づいてはいないようだが、実は、後宮にいる妃嬪たちのなかで義宗帝が特に気にかけているのは司馬貴妃であった。

　夜伽を命じることはない。

　けれど昼の執務の時間のあいまに皇帝は水清宮に足繁く訪れていた。他の妃嬪たちにはめったにしない格段の扱いである。

　義宗帝が宦官たちや、ときには皇后を伴って水清宮を訪れて、なにをするかというと──物語を話して聞かせたり、書の手ほどきや囲碁を教えたり──などである。

　他のなにができようか。貴妃はどこから見ても「子ども」なのだ。

　義宗帝と貴妃のやりとりは年の離れた兄と妹のそれであった。

　ときには皇后と共に三人で父と母と娘の団欒のようにもなった。

　無理もない。司馬花蝶が輿入れしたのは六歳のときだ。

　そのときの義宗帝は二十六歳。

　大人びた化粧を施され水清宮にちんまりと座る美しい彼女を見て、義宗帝が最初に覚えたのは同情であったのだ。

　彼女のことを「女性」として見ることはできない。「妹」あるいは「我が子」としか見られない。

　皇后は悋気は強いが、聡い女性だ。すぐに義宗帝の心情を察した。

だからいまだに貴妃に対してだけは、母のような優しさを見せる。皇后からしても司馬花蝶は恋敵でもなく、華封の国の政敵でもなく、後宮に投げ捨てられた親の縁の薄いかわいそうな子どもにしか見えなかったのだろう。

とはいえ――皇后は貴妃がいつか「女性」に変化してのけて、皇帝の目を惹くようになれば態度を変えるだろう。

そうならないように皇后はいまはただ、貴妃の側で、注意深く見守っている。見守るだけだ。皇后は貴妃を立派な女性に育てようとしない。

恋敵になっては困るから、貴妃はわがままで物知らずな子どものままでいい。皇帝の好みの「女性」になどなってはならない。

皇帝もまた同様に司馬貴妃を育てようとはしなかった――。

皇帝のまわりに女性はたくさんいる。多すぎるのだ。後宮に足りないのは無垢(むく)な子ども。皇帝が貴妃に求めたのは子どもあるいは妹だ。義宗帝に「女性」はもう不要だった。

いまから半年ほど前――。

水清宮を訪れた義宗帝は貴妃と一室に閉じこもり、碁を打っていた。側に控えていたのはたったひとりの宮女――月華だけ。

貴妃の碁は自由だが、先を見ない。相手の陣地を破ることにのみ執心し、守らない。だからいつも自滅して負ける。

そして負けそうになると、途端に飽きる。

仕方ない。貴妃はまだ子ども。

「花蝶は外に出ることばかり考えて碁を打つから負けるのだ。自分の陣地を減らさないようにすることも気にかけないと、いつまでたっても私に勝てないよ」

ふたりきりのとき義宗帝は貴妃を名前で呼んだ。堅苦しい世界で生きている彼女を、ふたりでいるときだけは貴妃の位から離してやりたくて――。

――というこの気持ちは……。

貴妃の黒い目の奥に義宗帝が、自分自身の姿と願いを見いだしているからなのかと、たまに思う。義宗帝はこの国と皇帝という地位に縛られて、別な生き方を選び取ることはできないままこの年になった。

「陛下」

細い声でそう呼びかけられた。

「なんだ」

「妾は後宮の外にいつか出られるのだろうか」

「私が生きている限り、無理だ」

椅子に座った貴妃が両足をぶらぶらと頼りなく揺らしている。

「だが、私が死ねば、私のために集められた妃嬪たちは全員解放される。次代の皇帝のもとに新しい妃嬪が集められ、新しい後宮を作ることになるからね。私が死ぬのを待っていられないと思う一部の妃嬪たちは、私の食事に毒を入れたり、力尽くでどうにかして私を殺めようとする。少し前にとある宮で、妃嬪たちが三人がかりで私を寝台に押し倒して首を絞めようとしたんだが……まあ、うまくはいかなかったな」

後宮の妃嬪たちに死を願われる皇帝というのは、はたしてどういうものなのか。ろくなものではないが、自分という皇帝が人質となることでこの国の平和が保たれていることを義宗帝は知っている。だから、迂闊に殺されないようにしている。

碁盤から顔を上げて貴妃の顔を見つめ、ふと聞いた。

「花蝶は私を殺して外にいきたいか？」

「……いい。やらない。だいたい妾はなにをやっても陛下に勝てたことがない」

そっけない。その黒い目は碁盤を見つめている。貴妃の負けははっきりしている。

「許せ。私は、そなたにわざと負けてやれるような大人ではない」

笑って告げる。

「それでいい。わざと負けられるのは嬉しくない。それより、陛下。妾が外に出られる他の方法はないの？」

ないわけではないが――。

「花蝶が〝不吉〟そのものになれば出られるかもしれないな」

「不吉そのものとは？」

「……もはや華封の誰もが忘れているのに、夏往の王家は華封皇帝の龍の力を信じている。彼らは我が丹陽城とこの後宮が呪われること、汚されることをひどく怖れている。なにかが引き金となって龍の力が覚醒しかねないと道士と皇后が厳重に私のまわりを見張っている。私に強い気持ちを抱かせるようなもの――祝福も、災いも、同等に――そのようなものを排除しようとするだろう」

私は花蝶に恋はできない。が、ある種の情を抱いている。

それにまわりは気づいている。

「花蝶がなにかで呪われたり、汚されたり、不吉の象徴とされるものとなったなら――冷宮にすら置かず、花蝶を後宮の外に追放するかもしれない。ああ、いま思いつきで言ったことだが、意外とこの案はいいものかもしれないな。花蝶、そなた、死を身に纏え。死の象徴に育て。なにかしら呪いとなるものをその身に浴びて、私の清冽さを汚すような身の上になったと周囲が――というより夏往の使者たちが思えば、そなたは放逐されるやもしれん」

「それは妾に死ねと言っているの？」

真顔で問われたから自然と眉間にしわが寄った。

「まさか。私は花蝶には生きて外に出て欲しいよ。そなたに〝死ね〟だなんて言うものか。私はそなたのまわりに死を集めろと言っている。が――これは人の心を持たない発言だったな。忘れろ」

つまり、自分のためにまわりの者を殺せと言っている。

義宗帝はたまにものすごく残酷になる。人の心というものに似た〝なにか〟を持っているはずだが、その〝なにか〟はまがい物であり、欠けている。だが欠けていたところで困りはしない。

「そうなの？」

「ああ。そういえば、そなたは、死がどういうものかよくわかっていないのだったな」

愛おしい者が死んでしまった記憶を持たないまま後宮に来たから。

「……うん。そうよ。死ってなあに？　死んだことがないから、わからない」

「さて――なんだろうなあ。私も死んだことはないからわからぬな。すまぬ。適当なことを言った。戯れ言だ。忘れろ」

忘れろ。

さて、あのとき貴妃は首肯したろうか。それとも。
思いだそうとしてもその部分だけは義宗帝の記憶のなかでおぼろなままだった。

3

翠蘭は雪英に手伝ってもらい、何人かの「幽鬼にまつわる証言」を聞き集め、記録した。条恩との対話で反省し、証言してくれる宦官や宮女たちを水月宮に招待し、明明の作った菓子を食べながら、聞くようにした。

「私が見たのは御花園の池の側でした。はい。そのあたりは幽鬼が出るともう噂になっていたのですが……。でも月が明るくあたりを照らしている夜だったから、大丈夫かと思ったんです。でも見てしまった。……幽鬼は小柄で……頭巾のようなものをかぶっていて池に呪いをかけていました。どうして呪いと思ったか？　なにか大きな袋を池の上で振っていたのです。それにその後、ほら、池の鯉が死んだでしょう？　ええ、それで……池から茂みのほうへ走り抜けました。幽鬼だと思った理由？　血まみれだったんですもの。顔が……それに口が耳まで裂けていて、私のことを恨みがましく怖い顔で睨みつけていて。え、目もとが見えたのかって？　頭巾の下の目が見えました。だから私は悲鳴を上げて……そうしたら幽鬼もぱっといなくなって……私もそこからすぐに逃げ帰りました」

明澄宮（めいちょうきゅう）の宮女の証言である。

「私が幽鬼を見たのは冷宮の近くの道でした。素早くてするっといなくなってしまったし、一瞬のことでしたから、なにがなんだか。はい。こう、すっぽりと頭から足もとまでを覆い隠すような布を……ああ、頭巾？　そうですね。頭巾姿で……。血？　あ、そうか。あれは血だったのかもしれません。頭巾がずれた拍子にちらっとなにか赤いものが見えた気がしました。怖かったかって？　ええ、悲鳴も上げられなかったから怖かったんでしょうね。見た瞬間、ここで騒いだら、自分は相手に殺されるんじゃないのかなってそう感じて……口を押さえてたら、幽鬼はいなくなってしまって。でも……なんとも言えずに綺麗だなって思ったんですよ。おかしいですよね。私が一瞬だけちらっと見た幽鬼は綺麗だったんですよ」

「私が見たのも同じです。やっぱり一瞬でした。血……はついていたかしら。笑いながら走り抜けていって。赤い髪がたなびいて。だから先代の賢妃の幽鬼かなって。先代の賢妃は異国の生まれで赤い髪を珍しがられて後宮に召された妃嬪だったと聞いています。それで。走ることのできる妃嬪なんて後宮にはいないから、あれは幽鬼でしょうって」

それぞれ水鞠宮の宮女である。

「あれは幽鬼だったのかしら。素早かったですね。そして……怖くはなかった。なにか不思議なものを見たなって。血？　ええ、顔に血はついていましたよ。でも必死な顔をしていて……といってもほんの一瞬見ただけですけれど。頭巾？　はい。かぶっていました。顔が見えなかったかって？　見えましたよ。目が隠れてるかって？　いや、目も見えてましたよ。それで、里に残っている妹をどうしてか思いだして、里に手紙を出しました。まさか妹じゃないよねって。でも妹は生きていて、不吉なことを言ってくるんじゃないって親と妹に手紙で怒られてしまいましたけど……。それはそれとして、水月宮、人手が足りてないって聞いてます。私を雇ってくださいませんか？」

これは、義宗帝に仕える宮女である。

皇帝が変わっていれば尽くす者も変人になってしまうのか。「雇用についてはあとで考えます」と返しながら、記録用紙に補足で「雇用希望者」と書いておいた。

「私の見た幽鬼は、はじめは、池の縁に立っておりました。本当に幽鬼だったかって？　そうですね、あれは……幽鬼なのではと思って見ておりました。私が幽鬼を見るのは今回がはじめてではないのです。毎回、見る前に予兆がある。風の匂いがふわりと変わって、この世とは違う場所に半歩だけ足を踏み入れたのだなとわかるような……。うまく説明はできませんが、わかるのです。それに今回の幽鬼は身体が白く透けておりましたから。私に見鬼の才があるかって？　どうでしょう。幼い子どものときに何度か不思議なことがあったという程度です。才があるかどうかを見極めようとはしませんでしたし、私は幼いうちに浄身をしましたので。大人になるにつれてなにも見なくなりましたから、久しぶりの感覚でしたが……」

条恩とは違う宦官の話である。

宮女や他の宦官たちはすぐに逃げるか、あるいは幽鬼のほうが素早く消えてしまっていたが、この宦官と幽鬼だけはしばし共に佇んでいたらしい。

「私が見た幽鬼は……悲しそうで、なにか思い残すことがあって空にはまだ帰っていけないかのような……。しばらく池の縁とその向こう側の大樹とのあいだを行き来しておりました。ずっとくり返し、悲しい顔のまま行き来するものですから……なにかに囚われているせいでこの世に縛りつけられているのかと、見ている私の胸もつまるようで……気づけば私も泣いておりました。私にできることはその幽鬼が無事に天に昇れるようにと祈ることくらいで……。怖くなかったか、ですか？　怖いですよ。見てはならないものを見ているんですから。全身に鳥肌が立ちました。でも……怖さと共に悲しみも感じました。それで……祈っているうちに、幽鬼は消えたのです。はい。消えました。跡形もなく、ふわっと、消えてなくなって……だからあれは幽鬼でしょう。そうですね。私の見た幽鬼は、水清宮の亡くなった宮女に似ておりました」

水明宮の宮女はずっと体調を崩し臥せっているというので話を聞くことはできなかったが、これだけ情報が集まればもう十分だろう。

＊

一週間は飛ぶように過ぎていった。

そのあいだ皇后と何かで巡り会うことはなかったし、義宗帝も水月宮を訪れなかった。

翠蘭は朝は鍛錬をし、明明の美味しい料理を雪英と三人で食べ、仕事をするふたりとは別にひとりで後宮内をうろつき回った。ときには雪英を伴って幽鬼についての調べ物もした。

――今日は皇后に会うわけだ。

気合いを入れようと深呼吸をして背をのばしてみた翠蘭に、

「娘娘、着替えをいたしましょう」

明明がきりっとしたまなざしで、そう宣言した。

そうくるとは、思っていた。なぜなら水月宮を訪れた春紅への質問の大半が衣装にまつわることだったので。

――皇后のお茶会で四夫人のうちふたりがいらっしゃるんだもの、着飾れって言われるわよね。

翠蘭は片手を軽く振り「このままでいくから、いいわ」と応じる。

いつも通りのひとつに結わえた髪に、いつも通りの紫の色の短い袍と下衣である。

明明が目をつり上げたのに、肩をすくめ、続ける。

「だってこれなら誰の上襦ともかぶらないわ。皇后さまと徳妃さまはともかく貴妃さまはなにを着ていらっしゃるかわからないってことでしょう？　失礼がないようにと思うならこれが一番よ。それに私がどんな女なのかっていうのが、ついでに伝わるわ。水月宮の昭儀は着飾ることなく剣を下げて歩くんだって、みんなにわかってもらえるほうがこの後が楽」

「……楽って……娘娘……そんな馬鹿な」

「目立たないで平和に過ごしましょうっていうのは無理よ。だって私、幽鬼について調べてまわってもうさんざん目立ってる」

「そ……それは」

「陛下に頼まれたことなのに、やらないわけにはいかないでしょう？　それだけじゃなく池の鯉とか桃の花とか——皇后さまもとっくにそのあたりのことは知っているわ。そうじゃなければお茶会の招待に桃の枝なんて持っていかせないでしょう。そうよね、雪英？」

尋ねると雪英が「はい。おそらくご存じかと思います。皇后さまにお仕えする宦官と宮女はどこよりも多いのです。ありとあらゆる場所を走りまわっております」とうなずいた。

柔らかい言い方だが、間諜役の宦官と宮女がいるという意味だと受け取っていいのだろう。

そもそもが皇后は隣の大国である夏往国からやって来た陛下のお目付役なのだ。後宮のなか——陛下のまわり——南都の街角のそこここに、情報網を張り巡らせていてもおかしくない。

「ところで、つかぬことを聞くけれど、陛下と皇后さまって夫婦仲はどうなっているの」

わざわざお茶会に呼んで探りを入れるという部分の、皇后の意図は、どこにあるのか。陛下がらみの恋愛模様にまつわるものか——それとももっと政治的なものなのか。

わからないから、いちいち、まわりに聞くしかない。そのへんはたぶんとても無粋なんだろうけど仕方ない。

——恋愛については、私も明明も、本で読んできた程度しか知らないから頭でっかちであまり実践的な知識はないのよね。

「仲は、よろしいかと。ただ——皇后さまにお子様が恵まれずにいますので、その点を皇后さまは気にされているかと思います」

そうだった。翠蘭が後宮に入ったのは「東宮となる御子がいないから」だ。義宗帝の東宮は、できるものなら皇后の腹を借りて出生するのがなによりだろう。

「ええと……陛下の子はいまのところ何人……」

「三人でございます。ただし男御子には恵まれず、内親王が三人。それぞれのご母堂は、水明宮の郭徳妃さま、水琴宮に仕える宮女の柳月、明澄宮の修儀の玲雨さまにございます」

「そう。それで——その内親王たちは皆、夏往国に？」

「はい」

産んだ子たちをすぐに連れ去られ、自身は後宮にとどめ置かれるというのはどういうものなのか。母の切なさは翠蘭には不明だが、子の頼りない気持ちは身近な自分の過去だ。

——後宮とはずいぶんと歪んでいる。

その歪みの一部は翠蘭にとっても馴染みのある寂しさなのだ。

そしてその歪んだ後宮の頂点に立つ皇后に——いまから自分は会いにいく。

「ねぇ、どんな話題になるかは行ってみないとわからないとしても、皇后さまに自分から〝幽鬼について調べてくれと陛下に言われまして〟と打ち明けるか、とりあえず黙っておくかの二択だったらどっちがいいか意見を聞いてもいい？　もうあちこち聞いているから私が幽鬼を調べてるのは当然ご存じだとしても、誰から言われてそんなことをしているかまでは私は誰にも言っていないんだけど……」

雪英に尋ねると雪英は逡巡してから、用心深く答えた。

「お伝えしてもいいかと思います。後宮はとても広くて——そしてとても狭いところですから。娘娘が伝えずとも皇后さまはいずれその話を耳にされます」

言いたいことは、伝わった。とても広くて、とても狭い。

後宮はとても広いので歩いてまわれば何時間もかかってしまう。

その広い後宮のあちこちをいつも誰か彼かが手入れをし、おのおのの主の命令をこなすために走りまわり、情報をかき集め、互いの動向を気にかけて、噂話を紡いでいる。

だから、どこにいても誰かに見られ、あっという間に噂にのぼるという意味で後宮は狭い。

噂話を「誰から」伝えるのかが重要だ。

「だけど、それはなんのためにかって聞いてもいいかしら。この後宮で噂話を集めたり、互いを牽制しあったりする意図が私にはよくわからないわ。夏往国からいらした皇后さまに関してだけは別よ。立場として、属国である華封の状況を把握して、とりまとめ、夏往国に伝える役目を負っているのだからそうするのでしょう。けど、それ以外の妃嬪が争ったところで意味はないような……？」

子を産んでもその子は夏往国に連れていかれるのだ。

もしその子が皇帝になったとしてもすべての権威は、その皇帝の妻になる夏往から来る皇后のもとに集まる。

そういう仕組みの後宮で皇帝の寵を争う必要性が翠蘭にはわからない。

え、と雪英が絶句した。どうやら想定外の質問をしてしまったらしい。

「申し訳ございません。奴才にはわかりかねます……」

「そう。ありがとう雪英。もしなにかわかったら、教えて」

ここで過ごしていたら、いずれわかってくるのだろう。いま、翠蘭から見て、互いを見張ることに特に利がないと感じられたとしても、後宮という場で長く過ごしていたら争いたくなるものなのかもしれない。のし上がりたいとか、相手を蹴散らしたいとか。山にいる猿は集団でいるといつも互いの立ち位置を把握するために喧嘩をし、派閥を作る。人だって狭い空間に閉じこもっていたらそうなるのかも。猿にたとえるなんて、妃嬪相手に失礼な考えかもしれないけれど。

「今日も娘娘は羊車も輿もお使いにならないのですか……。娘娘の足は痛くないのですか？」

雪英が心配そうに翠蘭の足もとを見た。

「腹ごなしに歩かないと身体が重たくなっちゃうのよ。だから雪英が輿を使うなら、私がそれ担いでもいいわよ？　雪英、輿に乗る？」

「やめてください」

明明が即座に割って入った。

「いまのは冗談よ。私もそこまで非常識じゃない」

明明が疑り深い顔になった。雪英も首を傾げている。ふたりそろって、わりと翠蘭には失敬だ。

「失礼だなあ、きみたちは」

と、口に出したときにはすでに翠蘭の足は動いている。愛用の剣帯で剣を下げ意気揚々と歩きだす翠蘭の後ろを「待ってください。ご一緒します」と明明と雪英が慌てて追いすがった。


だんだんと後宮の様子にも馴染んできた。

後宮の東へと向かい、水界宮、水鞠宮を右手に見ながらどんどん歩いて——目当ての水晶宮に辿りついた。

午の刻の銅鑼が遠くで鳴った。

遅刻でもなく、早すぎもせずの、ちょうどいい頃合いだ。

開いた門からなかに入ると宮女たちが「ようこそいらっしゃいました」「翠蘭娘娘、どうぞこちらに」と、翠蘭たちを誘った。白い帔帛を身につけた宮女たちは、羽衣をまとう仙女のようである。誰もかれも美しく化粧をし、ひらひらと泳ぐように歩いていく。

翠蘭だけではなく雪英にもまとわりつき「雪英はあちらでお待ちください」「宦官の皆様のための別室が用意されていますから」と連れていってしまう。明明のことも「宮女は、宮女同士で他のお部屋でお茶を飲みましょう」といざなった。

明明が問いかけるように翠蘭を見たから、翠蘭は軽くうなずく。皇后の宮には危険はさすがにないだろう。

そうやって明明や雪英と離れ、水晶宮の宮女たちに誘われて向かったのは、庭である。

庭の中央に池がある。睡蓮(すいれん)の咲く池に向かってまっすぐに石造りの橋がのびている。行くのも戻るのもその橋ひとつ。その橋の先にあるのは、丸い形の小さな島だ。

島の中央には東屋(あずまや)が建っている。

東屋のまわりで、明るい黄色の花を枝先に点した連翹(れんぎょう)と、白い花をつんと空に向けた水仙が風に揺れている。

東屋に翠蘭が案内されて辿りついたときには、すでに他の妃嬪たちが到着していた。

龍と鳳凰がぐるりと彫り込まれた丸い卓がひとつ。そして椅子が四脚。

座っているのは皇后とふたりの夫人たち。空いている椅子はひとつ。

あたりを見回し、翠蘭は迷うことなくひとりの女性の前に進み出る。

目の覚めるような鮮やかな赤い髪。白皙の肌に宝玉のごとき緑の目。

この大輪の牡丹のごとき美貌の主こそが、皇后に違いない。

とにかく豪奢(ごうしゃ)で華やかな女性である。

しかし、それだけではない。こちらを透かして見るような鋭い視線は、研ぎ澄まされた刃にも似たある種の美しいすごみを伴っていた。

翠蘭は無意識に、右膝だけを地面について拱手した。

左足を前に。右足は片膝をついて。山で、組み手をするときに行う礼の動きを身体が自然に行ってしまったのは、芙蓉の放つ威圧感に呼応したからだ。

圧倒されまいとして、こちらも自然と身体が力んでしまっていたのだが。

——あ。

翠蘭はすぐに己の間違いに気づいて、内心で慌てる。

——これ、武人同士の礼の仕方じゃないの。失敗した。皇后に対して昭儀が尽くす礼儀じゃないわ。

けれど、芙蓉皇后は、翠蘭にとってはそういう相手に「見えた」のだ。

——だってこっちを値踏みする視線に、殺気を感じてしまったんだもの。

身体が戦闘態勢を取り、武人に対しての対応になった。

どうしてまたこんなことをしてしまったのかと青ざめつつも、翠蘭は、なんていうことのない顔を取り繕い、口を開く。

「ご招待いただきありがとうございます。私、山育ちで妃嬪たるべき教養を身につけることなく後宮に参りました。武に励んでこの年となり、まさか皇后のお顔を間近で拝見できる栄誉をいただくことができるとは思いもよりませんでした。武骨者ゆえ、このような姿で御前にあがることをお許しください。着飾るのは得手ではないのです。山では、このような挨拶をして参りました。このやり方でご容赦ください」

いかにも最初からそのつもりでいたのだという体で言い張ることにした。

剣を携えていたのもちょうどよい。

翠蘭の挨拶に、芙蓉が笑った。

「そのような妃嬪が華封の後宮に来るなんて、おもしろいわね。夏往国には何人か女将軍がいるのだけれど華封の女性は剣を手にすることはないのかと思っていたわ」

「夏往国には女将軍がいるのですか？」

どうやら芙蓉皇后は翠蘭のふるまいを「あえて」のものと受け取ってくれたようだ。なんとか間違いをごまかすことができたとほっとする。まさか「皇后さまから殺気を感じて、武人の礼を取ってしまった」とは言いだせない。

「ええ。夏往は武人が出世する手立てのある国だもの。貧しい国だったから庶民が出世を狙うなら武で身を立てるしかなかったの。そのぶん、女であっても強ければ成り上がれる。そうはいっても女の力で男を押しのけて出世できることは、めったにないのだけれど」

芙蓉皇后の結い上げた赤い髪を彩るのは翡翠と金剛石と金。彼女が身動きをすると、繊（せん）

細な金の歩揺のしゃらしゃらというかすかな音が響く。

「ところであなた、陛下にはもうお会いになった？」

なんということのない口調で芙蓉が翠蘭に問う。

「はい。輿入れのその夜に、御花園でお会いして――翌日の朝には水月宮で朝食を一緒にいただくという幸福を得ました。陛下があまりにも綺麗なので、びっくりしました」

「綺麗なので、びっくり……」

芙蓉が翠蘭の言葉をくり返し、目を瞬かせる。

「皇后さまもあまりにもお美しいので、何事かと思っています。楽しい一日がはじまる朝の空のような輝きの髪をお持ちでいらっしゃる。赤い髪をはじめて見ましたが――こんなに美しいものなのですね。南都は栄えた都市で楽しげで、後宮で過ごす妃嬪たちは皆それぞれに麗しい。眼福とはこういうことかと、なんと申しますか……寿命がのびる心地がします」

無理に褒めるのではなく思ったことを素直に口にしているので気が楽だ。すらすらと口をついて出る賛辞に、芙蓉がどことなく固い笑みを浮かべた。

「ありがとう。私もいま、あなたの舌があまりにもよく回るので何事かと思っているわ」

若干、引かれている気がする。

これは好感度を下げてしまったかな、うさんくさかったかなと口をつぐんだ。

すると――。

「それで、あなたは、びっくりするくらい綺麗な陛下といったいなにをお話ししたの？」

皇后は笑顔のまま続けてそう聞いてきた。

――まっすぐに切り込んでくるなあ。

「池の鯉の死因と幽鬼の噂について話をしました」

「幽鬼……？」

「はい。ここのところ後宮のあちこちで幽鬼が姿を現すそうですね。興味深いお話だと伺っておりましたら、幽鬼について調べるようにと仕事をいただきました」

「仕事を？　あなたが？　引き受けたの？」

芙蓉が驚いた顔になる。皇后としてもそれは予想外だったようである。

「後宮の安寧について陛下はとてもお心を砕いていらっしゃるご様子でしたので。私もせっかく昭儀の位をいただいたのですから、少しでも後宮の皆様のお役に立ちたいと思いまして、私でよければとお引き受けいたしました。なにぶん私はこのような人間なので」

と、両手を広げて自分の姿を見せつけてから、

「後宮で、本来の意味での妃嬪としてのおつとめは果たせそうにもないものですから。もちろん皇后さまのためにも尽力いたします。なにかございましたらいつでもご用命ください」

きりっと姿勢を正して言いきった。あざとすぎるかなと少し思ったけれど、ここまでやってもいいだろう。翠蘭は後宮の妃嬪として義宗帝の寵を争うつもりは毛頭ない。皇后や他の妃嬪たちと親交を深めて、自分にとって居心地よく、かつ、明明や雪英たちに迷惑をかけずに過ごしたいだけなのだ。

芙蓉が「ご用命って……」と口元を手で押さえ、笑って続けた。

「じゃあ、とりあえずあちらの空いている椅子に座って」

座ったまままゆったりと脚を組み替える。足を隠していた裙の裾が捲れつま先が細く尖った赤い布に金糸の刺繍入りの沓がちらりと覗く。纏足の者のための沓だ。

「皇后さまがそう命じてくださるなら、喜んで」

深く考えた返事ではない。

が――。

「さっきから、ずいぶんと軽薄な言い方をするのね。あなたが男だったら私あなたのこと斬り捨ててちょうだいって頼んでしまうかもしれないわ。初見でとりあえず容姿を誉める相手って、私、好きじゃないのよね」

――え。

絶句して固まる。

「座りなさい」

二度目の「座れ」は冷たい笑みつきだった。断ったら首と胴体が離れるかもしれないなと身体が察知する。

「はい」

指し示された場所に素早く座ると——向かいの椅子に座っているのは髪をふたつにまとめて結い上げて金と黒曜石の髪飾りを載せた美少女だ。

まだ子どもの顔つきをしているから、きっと彼女が司馬貴妃なのだろう。

黒い絹地に金糸と銀糸で花と鳥が刺繡された衣装が華奢な身体を包んでいる。大人びた色合わせが逆に彼女自身の幼さを強調し、きらびやかだけれどどこかちぐはぐだ。

「はじめまして。水月宮の翠蘭と申します。どうぞお見知りおきを」

挨拶をすると、不機嫌そうな顔つきでこちらを見た。返事はない。

視線を巡らせると、左に座っているのは桜の色の上襦姿の愛らしい女性である。上襦の胸元に桜の花の刺繡をあしらい、袖から背中へと蝶が花びらと共に舞っている。胸のすぐ下で細い緑の紐が結ばれていて、そこから足下まで桜色の絹地がゆったりと広がっている。妃嬪たちも宮女も流行をとり入れた身体の形がよくわかる装いをしているが、彼女はあまり身体を締めつけないゆとりのある上襦と裙を身につけている。羽織る帔帛は上襦より濃い桜色だ。抜けるように白い肌と衣装の桜の色がとても似合っている。

桜色の濃淡の布地のなかで、胸に結ばれた紐だけは目を惹く鮮やかな緑なせいで、自然と視線は紐に向かう。そのついでに、紐の上にあるたわわな胸元を見つめてしまうことになる。

「翠蘭さま、はじめてお目にかかります。水明宮の桜花と申します」

つまりは、郭徳妃だ。

――ああ、あの記録されてた。

思いださなくてもいい冊子の記録が脳裏をよぎり、ぶんっと首を振る。

「どうされました？」

「いえ、なんでもないです。失礼しました」

徳妃の微笑に、翠蘭の頬もつられて緩んだ。郭徳妃は、人よりいくぶん、ゆっくりめの話し方をする。ふわふわとした身体はどこもかしこも柔らかそうだし、笑顔もまた優しく、甘い。

「はじめまして、桜花さま」

ほどなく皇后が自ら茶器を手に取り、翠蘭に茶を淹れる。

「夏往国から取り寄せた花茶よ。専用に、玻璃で茶器を作らせたの。どうぞ、香りを楽しんで」

透明な玻璃の器の底に沈んでいた丸い玉に似たものが、湯を注がれて、ゆっくりと解けていった。固められていた茶葉が湯に馴染むと、なかに閉じ込められていた花の蕾が姿を現し、開いていく。

まさか皇后手ずからお茶を淹れてくれるとは、と慌てるが、司馬貴妃も郭徳妃も普通にしているから、このお茶会の場ではこれでいいのだろうか。

翠蘭の様子に、芙蓉が、

「ああ、気にしないで。水晶宮でのお茶会のお茶は自分で用意して自分で淹れることにしているの。ただの私の趣味よ。この東屋でだけは私は、私の好きなように過ごさせてもらっている。もちろんここ以外では、もっともったいぶった話し方をするし、自分でお茶を淹れたりなんてしないわ」

と朗らかに笑った。

——いや、気にするってば。

殺気を放ち、斬りつけるような物言いができる、この国最頂点の権威ある立場の女性にお茶を淹れてもらっていいのか。

しかし、気づけば翠蘭を案内した宮女たちもいつのまにか姿を消している。

東屋にいるのは皇后と妃嬪だけ。

たった四名の女たち。

なるほど、と翠蘭は思う。この東屋は池の真ん中にある島の上。行き来するには橋を使うか舟を漕ぐかしかない。人払いをしての無礼講にはもってこいの場所だ。

いのだ。

――密談に最適の場所でもあるわ。

ここで誰かが殺されかけたとしても、助けるためにはあの橋を駆けてこなくてはならないのだ。

背中がざわっと粟立った。

そんな翠蘭の内面には頓着せず、皇后が聞香杯に茶を注ぎ、それぞれの妃嬪たちの前にふるまってくれる。

「徳妃は花茶が苦手だったわね。でもこのお茶は香りの良さが有名だから、飲まずとも、匂いだけでも楽しんでもらえれば嬉しいわ。徳妃にはちゃんと別に如意博士茶を淹れるわね。賢妃の実家に頼んで取り寄せてもらったの」

言いながら、手早く徳妃のために別なお茶を用意し、淹れる。徳妃のためにと用意した如意博士茶は綺麗な赤い色のお茶であった。翠蘭も薬草にまつわる書物で知識だけはあるが、実物を見るのははじめてだ。もちろん飲んだこともない。どんな味がするのだろうか。

「恐れ入ります」

徳妃が慎み深く受け取り、赤いお茶に口をつけて言った。

「甘い香りがして飲みやすいです」

皇后は満足げにそれを見つめ、聞香杯から飲むための茶杯へと茶を移し、口をつけ、うっとりとした顔になってつぶやいた。

「やっぱりこの花茶は深い味がして美味しいわ。徳妃はこのお茶が苦手だなんて、残念ね」

「……はい」

　徳妃が申し訳なさそうにうなずいた。花茶の杯は遠ざけて、手をつけていない。

――よく、こんな怖ろしい皇后のお茶を飲まずにいられるわね。断ったらそれで波風が立ちそうじゃないの。

　ちらりと貴妃のほうを見る。貴妃は無言のまま、機械的に杯を移し替えごくりと飲んでいた。美味しいとも不味いとも言わないが、皇后は貴妃にはとくになにも言うことはないようであった。

　翠蘭も貴妃に倣い、同様の作法の後、杯に口をつける。すっとする爽やかさが先に立つ。そのあとにふわりと漂うかぐわしく甘い匂いに目を細める。

　徳妃ががんとして受けつけない様子に、よほど不味いのかと覚悟したけれど、そんなことはなかった。

「美味しいですね……。これは加密列（カミツレ）でしょうか」

「ええ。よくわかったわね。美味しいでしょう？　お肌にもいいのよ、このお茶は。苛々（いらいら）する気持ちを落ち着けてくれるし身体のすみずみまで整うわ。爪の先や髪に至るまで綺麗になる。如意博士茶のほうは不老茶とも呼ばれているらしいわ。どちらのお茶も身体にいいものよ」

皇后が笑顔でお茶の効能を語った。

ひらひらと手を振り、磨いた爪を見せてくれる。

翠蘭がこくりとうなずくと、皇后が笑みを深める。

「ところで幽鬼を調べるというのなら、あなた、うちの宮女の春鈴(しゅんりん)に話を聞くといいわ。御花園で幽鬼を見たのだそうだから」

「それは、ぜひ」

「春鈴を呼び止めて、後で、あなたに話をさせましょう。それから、徳妃のお話も聞くといいかもしれなくてよ？　徳妃のところの宮女もたしか幽鬼を見たはずだから。そうでしょう？」

郭徳妃がおっとりとうなずいた。

「はい。おっしゃる通りでございます。うちの宮女の林杏も冷宮の近くで幽鬼を見たと騒いでおりました。あまりの怖さにその後ずっと寝込んでいます」

——林杏？

賄賂をあげていた宮女だ。

ということはほぼ、賄賂の送り手はこの徳妃だということになる。それとも違うのか？

誰か別な人間のために広漢に賄賂を送ってあの記録を見たがったのか？

——考えようとしなかったけど、あれって記録を直させることに意味あるの？　賄賂を送ってまで不正な記録を残したいとしたら、どういうとき？

「陛下が気にかけて昭儀に命じたことですもの。私たちも手伝えることをしなくては。そうでしょう、徳妃？」

皇后の麗しい流し目は、有無を言わせぬ圧がある。美人だからというわけではなく、とにかく皇后の眼力は、凄まじい。

「そうですわねぇ。今日も寝込んでいるし、起き上がれるようになったら、こちらから水月宮に知らせをお送りしますわね。明日になるか、明後日になるか……いつとははっきりとお約束はできそうもないけれどいいかしら？」

なのに徳妃はその眼力を受け流して、翠蘭にふわっと放りだす。徳妃は徳妃でふんわり力が凄まじい。

「はい」

なんの力もない翠蘭は「はい」と言うのみである。

「それで……できたら私もお話をする場に立ち会わせてちょうだい。あなたを信頼していないわけではないの。でも……心配だから」

徳妃が続けた。

どうやら郭徳妃は宮女の体調にも配慮する優しい妃のようだった。

「もちろんです」

翠蘭はこくこくとうなずく。

皇后がお茶に口をつけ、優雅につぶやく。

「昭儀のように熱心に後宮の安寧を気にかける妃嬪がいるということ、私も嬉しいわ。……それにしても徳妃はとても優しいわね。自分の宮の宮女のことをそんなに気にかけているなんて。林杏もあなたに仕えることができて幸福でしょうね」

郭徳妃は「とんでもない」と謙遜するようにして、目を伏せた。

そのままふつりと会話が途切れる。

堅苦しくなった場の空気を入れ換えるように、郭徳妃が「お茶といえば」とふんわりと話題を変えた。

ふんわり力、あなどりがたし。

「先日こちらで皇后さまが淹れてくださった蒲公英の根を煎じたというお茶が美味しくて、私も実家にお願いして取り寄せてもらうことにしましたの。届くのが楽しみです」

「そう。あのお茶は私のまわりでは不評だったのだけれど——あなたが気に入ってくれたならよかったわ」

——蒲公英の根は私も山で飲んだことがあるなあ。

于仙の知人が山に来た際に、出産したてだという妻のためにと蒲公英を抜いて煎じて作っていた。お茶は総じて妊婦にはよくないものだが、これはむしろ出産後に母乳の出をよくするらしい。自分には関係のない話だが、せっかくなので味見させてもらった。苦かった。

皇后と郭徳妃のふたりは、最近、取り寄せたお茶や化粧品、美容のための努力について語り合った。特別な蚕（かいこ）から取った絹で肌を磨いているとか、山奥のやはり特別な泥を水で溶いたものを顔に塗布して固めてから湯で洗い流すと顔の色がもっと明るくなってきめ細かになるだとか、そういう話だ。

翠蘭も最初は笑顔で聞いて相槌（あいづち）を打っていた。が、そもそも興味がない話題なので、右から左へとすうっと言葉が抜けていってしまう。しかもふたりとも笑顔なのに目の奥が笑っていないので、うっかり会話に参加すると負わなくてもいい怪我を負ってしまいそうだ。

しかし皇后はよどみなく話を続けながらも視線を配り、翠蘭が茶杯の茶を飲み干すとさっと新しい茶を淹れてよこすのだ。お湯がなくなりそうになると皇后が肩先まで手を上げる。すると、橋を渡って宮女が新しい湯と茶葉を運んできた。宮女たちは遠くから目をこらしてこちらの様子を凝視しているらしい。

――水晶宮の宮女たち、なんだかすごい。

お湯を運んできた宮女を皇后が引き留める。

「春鈴、あなたは幽鬼を御花園で見たと言っていたわね。そちらの張昭儀にその話をしてあげて。彼女は陛下に命じられて幽鬼について調べているのですって」

「はい」

宮女が、かしこまってうなずいた。

淡い水色の上襦に白の裙。目つきが悪いのが少し気になるが、清潔そうなたたずまいに、整っているがゆえに妙な生真面目さを感じさせる面差しの宮女であった。

「幽鬼についてといってもなにをお伝えすれば」

戸惑いながらも春鈴は、自分が見た幽鬼について、御花園の外れの樹木の陰から巨大な影が現れたこと、怖ろしくて見た瞬間に悲鳴を上げてすぐに逃げたのであとのことはよくわからないことなどを教えてくれた。

「幽鬼は誰かに似ていましたか。もし死者の魂ならば、かつてここに住んでいた誰かの姿のまま現れるものなのでしょうから」

翠蘭が尋ねる。

「それが……よくわからないのです。誰に似ているとかそういうことはなく異形だとしか」

申し訳なさそうに春鈴が言う。

——異形？　どういうことだろう。

「春鈴、きちんと昭儀にお伝えして。昭儀は幽鬼騒動の真相を突き止めてくださるそうだから」

皇后が春鈴にうながした。翠蘭は「真相を突き止める」なんて言っただろうか。ぎょっとして皇后を見るが、皇后は澄ました顔をしている。

何人もの人が居る前で皇后に言われてしまうと、もう後に引けないではないか。

皇后は、笑顔で優しく、他人の退路をふさぐ人のようである。

「はい。皇后さま」

春鈴が困ったように眉を下げて言った。

「私が思うに、今回の騒動の幽鬼を〝はじめて〟見たのは、春鈴のはずなのよ」

皇后の言葉に、翠蘭は首を傾げる。

「はじめて……というと？」

翠蘭の問いかけに皇后が肩をすくめる。

「もちろん後宮にはこういう噂話は多いし、昔から、冷宮や安福堂(あんぷくどう)のあたりでなにかを見たっていう噂はたくさんあったわ。でも、御花園の池で幽鬼を見たのは、私が後宮入りしてからだと、春鈴がはじめてのはずよ。春鈴は、御花園の池の側の樹木の陰から人ならざる大きさの影が大きな音をさせて出てきたのを見て、脅えて逃げた。そして、その後からよ。幽鬼が後宮のあちこちで見かけられるようになったのは。ねぇ、春鈴、そうよね？」

春鈴のせいで幽鬼があちこちを徘徊しはじめたのだと言わんばかりの物言いである。

案の定、春鈴はきゅっと肩を細くして居心地悪そうにうつむいてしまった。

「はい。ですが私は目がよくないし、夜目も利かないので……きっとなにかを見間違えたのだとそう思うのです」

しおしおとそう言う。

なるほど。目つきが悪いのは、そういう理由か。視力が弱い人間は、目を細めて相手を見つめる癖がつく。

だが——。

「……目が悪いといったって、あの池のまわりは明るいですよね。私も輿入れの日の夜にあのあたりを歩きましたが——広い空間なので遮るものはさほどなく、曇天の夜ならばわかりますが、月明かりがあればわりと遠くまで見渡せそうです。いくら暗かろうが、目が悪かろうが、人ならざる大きさで異形とまで言われると」

幽鬼なら人間を見間違えたのかもしれないと思えるが、異形とは？　人ならざる大きさとは？

春鈴はおどおどと皇后を見た。皇后が軽くうなずく。「話してやってくれ」という意味だろう。仕方なさそうに春鈴はまた口を開く。

「何度話しても同じことしか言えません」

私は異形の大きな影を見たのですと、春鈴が話しだす。

「月も星もない暗い夜でした。曇り空でいまにも雨が降り出しそうな……。あの日、私は賢妃の清明宮に取り寄せていただいたお茶や化粧品の支払いをしにいったのです。なんでそんな夜にかというと……すみません。昼にいくべきだったのを別な仕事をしていてうっかり忘れておりまして……申し訳ございません」
だから、とにかく私は気が急いておりました。なんとかその日のうちに命じられたことをしておかなくてはと慌てて――いつもなら、私は夜に出歩いたりしないんです。

怖いからかって？
いえ、怖いというより――よく転んでしまうから。

皇后さまや同僚たちはよく知っているかと思います。私は目が悪いのもあって、よくつまずくし、転ぶんです。ものにもぶつかる。木の枝に頭からぶつかっていって顔に青あざをこさえたこともあります。粗忽者なのです。
「それで……なんとか用事をすませて水晶宮に戻ろうとしたときです。御花園の池から少し離れた場所に躑躅の茂みがありますよね。そこから物音がしたのです。ざわざわと……いえ、あれは……なんというか、ぼきぼきと……みしみしと……」

ぼきぼきと、みしみしと、物音がした。

普段聞くことのないような大きなその音は、何本もの骨が折れる音のように聞こえた。
そのあとで人間ではあり得ないほどのとても大きな手がぬっとのびてきて、ざわざわと躑躅の葉を揺らした。みしみしとなにかが土を踏み歩くような音も続いた。

「私はそれでもうすっかり脅えてしまって……だってその夜はとにかく暗くて、陰鬱な夜だったんです。それで怖くなって悲鳴をあげて泣きながら水晶宮まで走って帰りました。それが私の見た幽鬼のすべてです」

話を聞いていて、嫌な想像が翠蘭の脳裏を過ぎる。

——それ、こっそり飼われてるという象じゃないよね？

まだ象を見たことはないが、山くらい大きいと書物で読んだ。異様に長い鼻を見たとしても、それが鼻とは想像できないだろう。「象」という存在を知らないのだから。象は巨軀なので木の枝を「ぼきぼきと」折ったり、落としたり、落とした枝を踏みつけて歩くのではないだろうか。「ざわざわ」と葉を揺らすし「みしみし」と音をさせて大地を踏みしめるのでは。そしてとても大きな影を作るのでは。

誰にも知られずにこっそりと飼っているという象を、深夜、人がいない隙に皇帝が散歩に連れ回していたのを春鈴が見てしまったなんていう話では。

だとしたら、たぶん皇帝はそもそもの幽鬼騒動が自分の象だと気づいているのではないだろうか。

だから翠蘭には「象がいる」と教えたとしたら……。

幽鬼の噂の発端は自分の象だとわかったうえで「象のことには触れずに、幽鬼についての噂をまとめて、うまい落としどころをつけるように」と翠蘭に命じたのでは。

——最悪じゃないのっ。

いまのところは翠蘭の想像の範囲だけれど。

「ただとても申し訳ないことをしたとは思っているのです。反省しています」

「反省って、いったいなにを？」

思わず聞き返した。

「目が悪くて粗忽な私が幽鬼を見てしまったせいで、後宮で幽鬼を見る者が増えたのです」

「はい？」

「そのことに責任を感じております。私が幽鬼を見かけたあとで——御花園だけではなくあちこちで幽鬼を見る人が続出したのです……。まるで私がきっかけだったかのように。それまでは聞くことのなかったおかしな物音や、禍々しい怨念に満ちたうめき声やら悲鳴やらが、後宮の外れの城壁付近から聞こえるようになったとも聞きます。人にあらざるものの声らしいです」

春鈴は話しながら背を丸めていく。声も小さくなっていく。どうやら彼女は本当に真面目な性格のようだ。そんなこと、なにもかも彼女のせいじゃない。

「おかげで、すべての宮が深夜になっても煌々と明かりを点すようになったんです。暗いのは、怖いから。それまでは節約してたのに、どの宮も明け方まで灯籠の明かりを消さなくなってしまって。それで、私、蠟燭（ろうそく）や油の管理をしている宦官に怒られました……。おまえのせいで蠟燭や油の消費がすごいことになっているぞって」

象については確認しないと不明だから一旦おいて――。

ひっかかったのは他の部分だ。

「つまりあなたが見る以前は幽鬼はそこまで頻繁（ひんぱん）に現れることはなかった、というのかしら」

翠蘭が尋ねる。

「はい」

「だけどあなたが見たような異形ではなく他の幽鬼たちは人の形をしているのよね。なるほど。あなたは幽鬼の存在を発見してしまった。だから後宮のみんなは幽鬼の存在を知ってしまったんだ、と。そういうところかしら」

そこで皇后が口を挟んだ。

「おかしなことを言うわね。存在を知ってしまったってどういうことなの」

「あったけれど〝ないことにしていた〟なにかを、みんなが見聞きするようになってしまったということです。ちゃんと調べてみなくてはわかりませんが」

皇后と徳妃、そして春鈴が不思議そうにして翠蘭を見た。

「ほら、いるかもしれないと思って怖がっていると、ただの影ですら不吉なものに見えてきてしまうじゃないですか。人間の想像力ってあなどれないものなんですよ。幽鬼がいるかもしれないと思いながら歩く夜の闇で、人は、あやしいものを勝手に見つけてしまう。夜でもわりと明るめの広々とした御花園ですら幽鬼が出るのだとしたら、もっと暗くて、いろんな逸話がある冷宮のあたりにはなにがいるかもわからないって、みんな脅えながら歩くから……幽鬼が〝いる〟と思った途端に、みんなはいろいろなものを勝手に幽鬼に見立ててしまうんです」

「よくわからないわ。つまり、幽鬼はいないの？」

「いえ、それは……調べてみなければいまはまだなんとも言えません。いるかもしれないし、いないかもしれない」

「どちらにしろ、すべては私のせいなんですね」

象の話はいまはできない。それに象はともかく、その後にみんなが噂している幽鬼たちはどれも人の形をとっている。そのへんの関係がいまひとつ翠蘭には、わからない。

春鈴が悲しげな顔で、翠蘭を見た。

あまりにも寂しげで、いまにも泣きそうになっている。

咄嗟に翠蘭はその手を取り、うつむきかけた顔を覗き込んでしまった。どうにも翠蘭は人の泣きそうな顔に弱い。たぶんこれは于仙の教えのせいである。于仙は「強い者は弱い者を助け、決して泣かせるべからず」と翠蘭に叩き込んだのだ。

「ごめんなさい。あなたのせいなんかじゃないです。私の説明が悪かったわ」

すべてが翠蘭の憶測でなにひとつ断言できない。ただ春鈴のせいじゃないことは明白だ。

「え……いえ」

春鈴がとまどった顔になっている。ちょっと近づきすぎただろうか。翠蘭の距離の詰め方は、たまに明明にすら「近すぎる」と怒られることがあるから……。

慌ててわずかに身を引いて、握りしめてしまった手をぱっと放した。両手を軽く掲げて再び「手を握ったのもごめんなさい。綺麗な女性が悲しげにしていたから、つい」と弁明する。

「あ……あの、いえ」

どうしてか春鈴の頬がぱっと赤くなった。

「幽鬼のことは、どうぞ気に病まないでください。あなたのためにも幽鬼騒動にきちんと決着をつけるよう努力しますから」

笑って言うと、春鈴が目を瞬かせ少し考えてからおずおずと告げる。

「でしたら、張昭儀、私もお手伝いしてもいいでしょうか。できることはなんでもします。皇后さまにお仕えしている宮女の不手際が、幽鬼が徘徊する要因であったなんて話になると皇后さまにも申し訳ないですから」

どうしようかと無言でいたら、皇后が「それはいいわね、春鈴。あなた、昭儀のことを手伝うといいわ」と同意した。

皇后が命じてしまったら、手伝ってもらうしかなくなる。

「それでは、三日後の夜、その幽鬼を見たという場所を一緒に歩いてくれるかしら。陛下と共に調べることになっているの」

「皇后さまが許してくださるようでしたら」

春鈴の言葉を聞き、皇后が「もちろんいいわよ」と笑って応じた。

かしこまって礼をする春鈴に、鷹揚に手を振り、下がらせる。

「あの子は、私によく尽くしてくれるいい子なの。幽鬼を調べるために昭儀にお預けはするけれど、危ない目には遭わせないでね」

春鈴の背中を見送りながら皇后が翠蘭に言った。

「はい。もちろんです」

「徳妃のところの林杏も、はやく体調が戻るといいわね。きっと林杏のお話も昭儀の役に立つに違いないわ」

「そうであるようにと願うばかりですわ」

徳妃が殊勝にうなずいた。

皇后は新しく花茶を徳妃に注ごうとした。徳妃はふわりとその手を止める。花茶を注がれた杯にはまだお茶が残っている。

「そうだったわね。あなたは花茶は苦手だったわね」

「はい。田舎者ですのでこのような上品なものが身体にあわないようですの」

「そうね。あなたが気に入って取り寄せたという蒲公英の根のお茶も庶民の飲み物だわ。妃嬪にはふさわしくない」

皇后が小さく笑って言う。徳妃が「申し訳ございません。恥ずかしいばかりです」とおっとりと応じるが、まったく恥ずかしがってもいないしなんなら胸を張っていた。

――これが後宮なのね。

そしてこれが後宮の女たちの争い方で、勝ち負けの決し方なのか。親戚の叔父が教えてくれたやつだ。なるほど。

翠蘭は、感慨深く目を瞬かせていた。

――幽鬼の話を聞いたから、もう今日はこれで帰りたい。帰らせてください。どうしたら帰れるのかしら。

そんなふうに思って、ふと向かいを見る。

司馬貴妃も、翠蘭同様、美容の話題や茶の種類については興味がないらしい。さっきからずっと無言である。つまらなそうな顔で、卓の中央に山と盛られた干した棗(なつめ)や杏(あんず)に手を出し、つまんでいる。

ときおり視線がふらふらとさまようので、なにを見ているのかとその先を見る。

——蝶だ。

白い蝶がひらひらと東屋のまわりを飛んでいる。

蝶が卓に止まる。司馬貴妃は腰を浮かせ、いまにも蝶を捕まえたそうにしたが、指が蝶に触れる前に蝶はひらひらと飛び立ってしまう。

この年頃のときの自分は虫を捕まえたりしていただろうかと思いだす。そのときにはすでに兎をしとめていたような気もする。

視線が合い、司馬貴妃は退屈そうな顔のまま、翠蘭に問いかけた。

「その剣は本物なのか？」

「はい」

「だったら抜いて、見せてみよ」

「お断りします。剣は軽々しく抜くものではありません」

司馬貴妃はそっぽを向いた。

「なんだ、つまらぬ」

そしてうつむくと小声でつぶやいた。

「……恰好こそそんなであっても——幽鬼について調べるなどと勇ましいことを言おうとも——そなたも他の妃嬪たちと同じだな。幽鬼の話はもっと盛り上がるかと思ったのに、あっというまにどうでもいい話に切りかわる。退屈だ」

子どもだからこその包み隠さぬ本音の吐露だ。お茶会が苦痛で、この場にいる皆のことをうっとうしい連中だと思っているのが態度すべてから透けて見えた。ため息を零し、頬杖をついて、遠くを見る。片手で干し棗を口に運び、齧(かじ)る。

椅子に座った足が床につかず、ぶらぶらと揺れている。裾から足首が覗いているのは、いままさにのび盛りだからなのだろう。ぐんぐん手足がのびていくから、新しく作った装束の裾や袖ですら、すぐ短くなってしまう。本来ならば妃嬪たちの衣装はしっかりと身を包み込み、沓や足下を見せることのない長さであってしかるべきなのに。

綺麗な木沓を履いた司馬貴妃の足を見て、翠蘭は、そういえば大きな手足を持つ者は、背が高くなるのだと于仙に何度も言われたことを思いだした。

纏足ではない司馬貴妃の手足も年の割には大きめに見える。

「貴妃さまは剣がお好きなのですか」

すらりと長い腕は、剣を扱うのに向いていそうだ。惜しむべきはどこもかしこも細くて薄くて華奢で、武器を振り回すのならばもっと鍛えなければならないけれど。

「別に。ただ見てみたいと思っただけだ」

「残念です。貴妃さま、鍛えたらきっと強くなれそうなのに」

「強く？」

「はい。もし貴妃さまが剣をふるいたくなったら水月宮にいらしてください。私があなたを鍛えてみせましょう。ただし私の鍛錬はけっこうきついので、覚悟してくださいね」

貴妃は頬杖をついたまま、遠くを見ていた視線を翠蘭に戻した。疑わしそうに眉をひそめている。

「妾を鍛える、と？」

「もちろん貴妃さまの気が向いたらです。こちらから無理に武の身に引きずり込もうとはしませんよ。好きで興味があるなら、いらしてください」

「そうか」

「ところで、貴妃さまはなにがお好きなのですか？」

「妾が好きなのは、おもしろいことだ」

「おもしろいこと、とは。たとえばどのような？」

「どのようなもこのようなもない。おもしろければ、それでいい。そなた本当につまらぬな」

貴妃と翠蘭の会話を、皇后たちは話しながらも気にかけているようだ。ちらちらとこちらを見た皇后が軽く手を振ると——宮女たちが今度はごま団子や饅頭の載った皿を持って橋を渡ってきた。宮女たちは、軽やかな仕草で貴妃の目の前の卓に置いて、そのまま去っていく。

そうしているあいだも皇后と徳妃は美容情報の交換に余念なく、翠蘭にとっては呪文にしか聞こえないことをずっと語りあっているのである。

——私がつまらないんだから、そりゃあこの子だってつまらないでしょう。

貴妃をつかまえて「子」呼ばわりは失礼だが、綺麗に化粧をし、飾られているけれど——態度や表情が「子ども」なのだ。

十一歳とはこんな感じだったろうか。翠蘭にとっては七年前。明明に叱られながら転げ回って走っていた幼い日々。

記憶のなかの十一歳の自分より目の前の貴妃は美しく着飾り化粧をしているぶん、大人に見えるような気がする。

けれど同時に、記憶のなかの十一歳の自分より目の前の貴妃の表情は取り繕うという気遣いもなく本心が手に取るようにわかり、やけに幼いようにも思えるのだった。

「つまらなくて、申し訳ございません」

だから翠蘭は謝罪し、立ち上がる。卓をくるりとまわって歩き、貴妃の側に近づく。

美しく生まれついたからといって着飾ることが大好きに育つものでもないのだし、十一歳の身の上で、大人の女たちとの社交をそつなくこなせというのも酷なことだ。少なくとも翠蘭には無理だと思う。

「な……にをする……っ」

腕をつかんで立ち上がらせると、背が低い。頭ひとつぶんくらい視線が下がる。そうか。十一歳はこのくらいの背丈だったか。

翠蘭は自分の唇に指を置いて「静かに」と仕草で示してから、空中を指し示す。

貴妃が翠蘭の指を視線で辿る。

巡らせた先にあるのは連翹の枝だ。

黄色い花が連なって咲く枝に白い蝶が止まっている。

「ここで待っててください」

言い置いて、蝶の居場所に影を作らないように気をつけて、気配を殺して側へと忍び寄る。

羽を広げた蝶に指を近づける。そうっと柔らかく片羽に手をのばし、つまむ。

「捕まえた」

はたはたと蝶が羽を揺らめかせるが、羽を捕らえられたから飛び立てない。指先に鱗粉(りんぷん)が飛び散る。触角がふるふると動いている。あらためてもう片方の手で蝶の両羽をつまんで、閉じる。

振り返ると貴妃は目を丸くして翠蘭と蝶を凝視していた。

「すごい。すごい。すごいぞ。そなた蝶を捕まえたのだな」

「ええ。捕まえました。司馬貴妃のために」

「妾のために？」

「そうです。――はい、どうぞ」

　蝶を差しだすと、貴妃が近づいてきてこわごわと手元をのぞき込んだ。喜んで羽に触れるかと思いきや、及び腰だ。

「もしかして自分の手で捕まえたかったのかしら。だったら余計なことをしてしまいましたね。ごめんなさい」

　翠蘭が言うと貴妃はぶんぶんと首を横に振ってから、翠蘭を仰ぎ見た。さっきまでの退屈そうな表情は消え去って、目が輝いている。

「余計なことなんかじゃあない。すごい。自分の手で蝶を捕まえることができるなんて思わなかった。しかも妾のために……。ただ……妾は蝶を触ったことがないから……」

「触り方がわからないのですか？」

「そうじゃ。こ、怖いとかじゃあないからな」

　胸を張って言うということは――逆に少し怖いのだろう。触ったことがないのなら、生きた蝶とどう接したらいいか不安に思うのは当然だ。

「あまり強く摑まないようにして、そうっと羽だけをつまんでください」

「う……蝶というのは飛んでいるのは美しく見えるが、こうやって近くで見るとずいぶんと変な形をしているな。これはまるで……虫のようだ」

「虫ですもの……」

「む、虫か。そうか。いや、違う。蝶は、蝶だ。妾の名前になるような美しい生き物なのだから、虫ではない。だが……そなたの……その……指だが……。粉が指についているのは……それは」

「鱗粉ですよ。蝶の羽についているのが、剝がれて落ちたんでしょうね」

「剝がれて……」

蝶は翠蘭の指につままれて、動きを止めている。触角だけが震えている蝶をまじまじと見つめた貴妃が「その鱗粉とやらは剝がれてもいいものなのか。これは……怪我をしているのではないか。こんなにたやすく捕まえられたのは弱っているからじゃあないのか。もしかしたらこのまま、死んでしまうのか」とおろおろとした声を出した。

「ずっと摑んでいると、元気がなくなってしまうでしょうね。すぐに死ぬようなことはないと思いますけれど。心配ならば放しましょうか？」

「それは嫌じゃ。放したらもう二度と捕まえられぬかもしれないではないか」

「そんなことはないですよ。私が貴妃さまのためにいくらでも捕まえてきますよ。今度、一緒に虫取りにいきましょう。もし貴妃さまさえよかったらですけど」

「虫取り……」

貴妃の眉間にしわが寄る。なにか考え込んでから、おもむろに口を開いた。

「と、とりあえずいまは、蝶を妾に捕まえてくれたそなたに、なにか褒美をとらせよう。なんでも好きなものを好きなだけ……」

翠蘭は小さく笑い、応じる。

「褒美なんていらないです。あなたの笑顔だけで十分ですよ」

「笑顔……」

「あ、でも、〝ありがとう〟と言ってもらえたら嬉しいですね」

貴妃が不思議そうに首を傾げ、小声で言った。

「ありがとう。……これだけでいいのか」

「ええ」

そうしているあいだに、橋を渡ってひとりの宮女がやって来た。宮女が手にしているのは細い枝で編み上げた籠（かご）である。

「その籠はあちらに」

皇后が宮女に指図する。

「蝶を籠に入れるといいわ。さあ、どうぞ」

続けて皇后は貴妃と翠蘭に声をかける。

茶葉や湯だけではなく虫籠まで遠隔合図でもってきてくれるのか。水晶宮の宮女たちは、特殊能力の持ち主が選りすぐられているのかもしれない。

鳥籠と作りは同じだが、もっと目が細かく、虫が出られないようになっている。宮女が細工された小さな入り口を開けてくれたので、翠蘭は虫籠のなかにそっと蝶を放った。

蝶はしばらく虫籠の底につかまり羽を休めて後、ゆっくりと飛びはじめた。おそるおそるといった飛び方を、貴妃がじっと見つめ——顔を上げた。

貴妃の口元に笑みが浮かんでいる。

——つまらなそうな顔をしていても綺麗だけど、笑うともっと綺麗でかわいいわね。

「ありがとうございます。皇后さま」

いつまでも感謝を述べない貴妃のかわりに翠蘭がそう言った。立場が上の者から贈り物をたまわったのだ。礼を尽くすべきである。

どうしようかとためらったが、なにせ貴妃は十一歳だ。

だからこそと、翠蘭は声をかける。

「——よかったですね、貴妃さま。皇后さまからとても良いものをいただきました。皇后さまのおかげであなたの宮まで蝶を連れて帰ることができます」

まわりの者が教えなければ、なにひとつ身につかない。

言いながら、翠蘭はそっとその背中に手を置いて、目配せをする。貴妃は瞬いてから静かに皇后へと顔を向けた。

「感謝いたします」

虫籠を手にして実に優美に礼をする。掲げる手に、視線を下に落としたうつむき具合、膝を曲げ、頭を下げる角度に至るまで手本にしたいくらいに完璧である。やればできるし、習ってはいたが、やろうとしなかったということか。

皇后が微笑んで貴妃を見つめ、つぶやいた。

「貴妃は虫が好きだったのね」

「いや……好きじゃない。でも……蝶は」

「あなたの名前の一部ですものね。大事に飼うといいわ」

優しい言い方だった。皇后は貴妃に対しては棘がない。子どもだから、だろうか。

貴妃がこくりとうなずく。

「ところで昭儀は立場が上の者であっても下の者であっても、すぐに馴れ馴れしくなるのがうっとうしいわね。でも、貴妃があなたを許しているようだからその軽薄な態度も言葉も許してあげる。蝶も捕まえてくれたことだし」

貴妃には優しくても、翠蘭には手厳しいままだ。

「はっ」

かしこまって拱手する。皇后は翠蘭をちらりと一瞥し、すぐに徳妃に向き直った。悲しいかなどうやら翠蘭は皇后の覚えはめでたくなさそうである。いったいなにがいけなかったのか。普段通りにしているのだが、その普段通りが根本的にだめだったのか。

その後は——皇后と徳妃はお茶を楽しみながら、小さな棘をちりばめた美容話にあけくれていた。

翠蘭も興味を持てないものの、黙ってふたりの会話に耳を傾けていた。貴妃とは違い翠蘭は大人なので、ずっとつまらなそうな顔をするのは角が立つかもと、ときどきは笑顔を浮かべて、うなずいてみせたりしている。徳妃はともかく皇后は、翠蘭が心底、美容には興味がないことに気づいているのではと思うのだけれど。

貴妃はというと——ずっと会話には加わらず、卓に置いた虫籠をきらきらと目を輝かせてじっと見つめていたのであった。

*

その日の夜——。

夕暮れから、雨が降りだした。

しとしとと降る雨のなか、手提げ灯籠を掲げ、春紅が歩いている。そのすぐ横で油紙の傘を手にして差しかけながら並んでいるのは雪英だ。

厚い雲に覆われた空は真っ暗で、月も星も見えない。

冷宮に向かう道は途中で途切れ、生い茂った樹木が春紅と雪英の行く手を遮っている。

「ついてこなくていいってば」

春紅が雪英に言う。

「そんなわけにはいかないよ。だって春紅ときたら、幽鬼が出るかもしれないからって、怖がって、ぶるぶると震えてるじゃないか。おまえひとりだけでこんな雨降りの夜に冷宮のあたりを歩かせられないよ。心配だもの」

雪英がそう返す。

「大丈夫なのに……」

さっきから春紅は雪英を追い返そうとしているのだけれど、雪英ときたら頑固で、なかなかひとりで帰ってはくれないのである。

春紅の手先で手提げ灯籠が揺れている。

雪英は傘を斜めにして、腰を屈め、がさごそと地面のあちこちに視線を走らせている。

「いいから、その落としたっていう沓をとっとと探して帰ろうよ。私も一緒に探してやるからさ。このへんは昼間に翠蘭娘娘と一緒に歩いたことがあるんだ。石畳がなくなった後は獣道みたいになっていたはずだよ。春紅、そっちじゃなくてもっと先を照らしてくれる?」

雪英に言われ、春紅は「先を照らして、なにか見つけたらどうするの」と声を震わせた。

「なにか見つけたらって……探し物があるからここに来てるんだろ。見ないでどうするんだよ」

雪英の話しぶりがくだけたものなのは、ここにいるのが春紅と雪英だけだからだ。

ふたりの出会いは後宮の外からはじまっている。まだ互いが男子であったときに、西華門の側の小屋で出会い、同じ刀子匠の刃を受けて浄身となったのだ。

親に売られた身の上も同じ。年も近い。刀子匠も同じ。そして、切り捨てた宝の入った壺だけを抱え後宮に入った時期もほぼ一緒。

若くして宦官になったふたりは、年上の宦官たちほどの知恵や処世術も持ってはいなかった。特に春紅は、なにに関しても飲み込みが遅く、命じられた仕事をうまくこなせずに、よく打たれた。打たれた尻が痛んで座ることもできず、うんうんうなって寝込んでいた春紅のために雪英はよく薬を運んでくれたものである。もちろん逆のこともあった。雪英が鞭打たれ起き上がれなくなったときは、春紅が薬と水を雪英の枕元に置いた。

最初の勤めは都知監で、凍てつく冬の寒い朝であっても皇帝のために道を掃き清める重労働であった。真面目しか取り柄のない春紅はとにかく熱心に働いた。その働きぶりと容姿のよさが芙蓉皇后の目を引いて、水晶宮の皇后つきの宦官となったのは昨年のこと。

雪英も遅れて今年になって、水月宮の翠蘭に仕える身となった。

いまは仕える宮も違ってしまったが、互いに支えあって過ごしていた月日が、ふたりを結びつけている。

「そうだけど……もし幽鬼と目があったら呪われちゃうんだよ。だから」

探している沓を雪英に見つけられて、じっくりと検分されてしまったら困るのだ。

「大丈夫だよ。もし呪われても、そのときはうちの翠蘭娘娘が、呪いを祓ってくれるもん。娘娘はすごいんだ。強くて、かっこよくて、優しいんだから。陛下に幽鬼退治を頼まれたくらいすごい人なんだから。三日後には陛下と一緒に幽鬼を調べる約束をしているんだよ」

「もう……わかったよ。雪英は翠蘭娘娘に夢中なんだ」

「うん。だって娘娘は素晴らしい人だから。もし春紅になにかあったら、うちの娘娘に頼んで春紅についた邪気も祓ってもらってあげる」

雪英は春紅にはいつも少しだけ兄貴風を吹かせる。雪英のほうがひとつだけ年上なのと、雪英のほうが春紅よりずっと要領がいいせいだ。

いつも助けてくれるから、春紅は素直に雪英に保護される弟分として過ごしている。

今日のこれも、そうだ。

雪英は、翠蘭から「よかったら春紅に持っていってあげて」とごま団子を渡されたのだそうだ。ちょうど春紅が水晶宮から出かけるところで、門のところで浮かない顔をして歩いていた春紅は、雪英にまんまと見つかって声をかけられてしまったのだ。

翠蘭からのごま団子を差しだされた春紅は、自分は皇后に頼まれて落とし物を外に探しにいくところだと告げた。

雪英は「こんなに暗いし雨なのに」と心配し「自分もいく。手伝うよ」とついてきた。

——そういうの、たまに困るのに。

春紅が本気で「自分ひとりでいい」と言ってるのに、雪英はまったく聞いてくれないのである。

「皇后さまだってすごい人なんだから」

春紅は困ったなと思いながら、雪英に弱々しく言い返す。

「でも……沓を片方なくしてしまわれるような方なんでしょう。それを一番したっぱの宦官に命じて、こっそりと探してこいって言うなんてひどい」

「それは……仕方ないよ。皇后さまにはお立場があるから……おおごとになってしまうもの。なんでそんなところにいったんだとか、冷宮のある方向にどんな用事があったのかとか、なにもないのに探られちゃうから」

「だけどさ、幽鬼騒ぎがあるのも知ってるのに、春紅だけに探してこいって言うなんてさ」

「仕方ないよ。皇后さまはいま具合が悪いんだ。だけどこの話も内緒だよ。皇后さまは調子を崩されたとかそういうの、人に知られると困るんだ」

どうやら怪我をしたらしく足を軽く引きずっていた。捻っただけだからしばらく冷やして固定していたら治るけれど、今夜は動けそうにない。だから春紅、頼まれてくれないかと言われて外に出た。

「それでもさ、うちの翠蘭娘娘だったら自分が具合が悪くても自分でいくに決まってる。そうじゃなくても一緒に探してくれって言う」

そうなのかもしれない。

雪英はごま団子を持っていってあげてと傘を持たせて外に出され、だけど自分は落とし物を探してきてくれと雨の夜に手提げ灯籠だけで外に放りだされている。

怪我をしていても、していなくても同じなのかも。

しかもその違いは、翠蘭と芙蓉皇后との違いではなくて――なんでもうまくやってのける雪英だから気に入られていて、なにかというとへまをしでかす自分だからこんなふうに夜に外にいく用事を押しつけられているのかも。

そんな考えがちらりと脳裏を過ぎり、春紅の胸がちりりっと痛む。

痛むから、こそ――。

「そんなのわかんないよ。翠蘭娘娘はこのあいだ後宮入りしたばかりじゃないか。いまは優しくてもそのうち化けの皮が剝がれるかもしれない」

そう言い返していた。

あまりにしつこいし、雪英ときたら翠蘭のことを褒めてばかりなものだから、春紅の言葉はいつもよりちょっとだけ意地悪になっている。

雪英にはわからないのかもしれないが、芙蓉皇后だって強くて、かっこよくて、優しいのに。それに皇后のことは義宗帝も一目置いている。夜に寝所に呼ばれるのも頻繁で、なんていったって後宮のなかでは芙蓉皇后が一番、皇帝の寵愛が深いのだ。

「そんなことないって」

「わかんないじゃないか、そんなの。だいたい雪英は皇后さまのことだってなにひとつわかってないのに」

そう——なにひとつわかっていないのに、翠蘭と皇后とを比較してあれこれ言わないで欲しい。

言い争いながらも春紅は足下を熱心に見てまわる。

——雪英より先に沓を見つけないと。

でもこんなふうに暗がりを覗き込んでいて、もし本当に、幽鬼に遭ってしまったらどうしたらいいんだろう。

——雪英が幽鬼のことを何度も言うから、怖くなっちゃったじゃないか。

暗がりに視線をやると見なくてもいいものまで見てしまいそうな気がして、春紅は手提げの灯籠が照らす足下だけを見つめている。

ぐにゅりと足下の地面が沈む。木沓と足の隙間から水が入り込み足を濡らす。茂みの奥から転がり出た黒い小さなものが、春紅の足にぶつかった。

「ひっ……。なんなんだよ。いま、なにか、足に当たった」

春紅は飛び上がって、あとずさる。足ががくがくと震えだす。

「それ、探してる沓なんじゃないの。小さな影が転がってきたのが私にも見えたよ。風かなんかで茂みの奥から沓が出てきて春紅の足に当たって、またどこかに転がっていっちゃったんだよ、きっと。もう春紅は怖がりなんだから。ちょっと明かりを貸してよ」

と言って雪英は傘を脇に置いて、春紅から手提げ灯籠を引き取った。

でも無理に灯籠を取り上げた雪英の手も、よく見ると、かすかに震えている。

春紅の手前、なんともないふりをしているのだろうけれど、雪英だって幽鬼は怖いのかもしれない。それともずっと雨に打たれて濡れていて、寒いのかも。

「ほら……やっぱり沓だ。ここの茂みの下の、ここ。春紅の探してる沓はこれでしょう?」

雪英が腰を屈め、暗がりから拾い上げたものを春紅に掲げて見せる。

赤い布に金の刺繍をほどこした豪華な沓だ。

「それ……見せてっ」

奪い取ると、雪英が「もう、なんだよ」と口を尖らせた。

「なんか沓のなかから落ちたけど……」

続けて言われたけれど、沓を探せとしか命じられていないのでその言葉は右から左に流れていった。

泥にまみれて汚れている沓を春紅は手元で、しげしげと眺める。皇后の沓は外から見てもわからないが、内側と底が広く加工されている。

「うん。これ、皇后さまの沓だ。雪英、見つけてくれてありがとう」

そそくさと持参した布で沓を包んで懐にしまう。

雪英であってもこの沓をじっくりと見せてはいけない。

――皇后さまは、纏足ではないから。

そして、芙蓉皇后が、その己の足の大きさを恥じているから。

華封でも夏往でも、小さな足であることが美人の条件のひとつである。だから裕福な家や貴族の家に生まれた女たちは幼いときから足に包帯を巻いて足の成長を止め、纏足用のとても小さな先の尖った沓を履いている。身体に比べて小さな足は、歩きまわるとひどく疲れる。後宮の妃嬪たちが輿や羊車を使って移動するのは、そのためだ。

と――。

沓が転がってきた茂みの奥から、かそこそと音がした。

――風かな。

でも風は、そんな低い位置で、茂みの奥から道に向かって吹くだろうか。

雪英が手にしていた灯籠を茂みへと向ける。

暗がりのなかで、灯籠の明かりに反射して、きらりと光っているあれは——。

ふたつの目。

耳に届く、荒い息づかい。

「うわっ」

叫び声が出た。驚いたのと同時に足が滑る。尻もちをついた拍子に灯籠が手から離れ、飛んでいく。蠟燭の光が風に紛れて消え、あたりが闇に包まれる。

「うわあああああ。春紅、春紅……あそこに、なにかいる」

雪英も悲鳴を上げ、春紅の手を取り、引き上げた。どれだけ怖かろうと、春紅ひとりを置いて逃げたりしないのが雪英の雪英たるゆえん。

そのままふたりは手をつなぎ、茂みに背を向け、転がるようにして走って逃げたのであった。

4

雪英と春紅が幽鬼に遭遇した、その翌日の朝。

雨はいつのまにか、あがっていた。

翠蘭はひとりで雪英と春紅が幽鬼を見たという冷宮に至る道を歩いていた。雪英はまだ寝ている。

昨夜、傘をなくして戻ってきた雪英の身体は春とは思えぬほど冷え切っていた。すぐに白湯を飲ませ、湯を沸かして身体の芯まであたため、清潔な服に着替えさせてから眠りにつかせた。雪英が熱を出しては大変だからといまも明明が側についている。明明のことだから、雪英が起き上がろうとしたら叱りつけて寝台に押し込めるに違いない。

「幽鬼に遭ったってがたがた震えていたけど……」

雪英にとっては大事件だったようだが、翠蘭にとっては雪英がその場から拾ってきたもののほうが大事件かつ大問題であった。

なぜか雪英は、砒素が入った包みを持ち帰ったのだ。

着替えるときに床に落ちた袋のなかに、油紙で丁寧に包まれていた白い粉。共に入っていた小さく折り畳まれた紙には、妙に達筆な『皓皓党に気をつけて』の文字。もろい竹紙の端がぎざぎざに破られ、よれている。

皓皓党とはなんだろうと首を傾げる。

――雪英に、落としたよって言ったら「自分のじゃない」と慌てるんだもんなあ。

春紅が探していたものかもしれないし、そうじゃないのかもと、雪英は目を泳がせていた。

見たこともない白い粉はなにかの薬だと思えた。が、舐めて味をたしかめるのには不安がある。なにせ毒味役がいないと食事をできない皇帝がいる後宮である。毒じゃないとはいいきれないと、銀食器を用意し、そこに粉を溶かした水を注いだ。

そうしたら――銀があっというまに変色した。

それが砒素の反応だということは書物で知っている。まさか生きているあいだに毒物で変色する銀食器を見ることになろうとは思っていなかったが。

後宮生活は翠蘭にさまざまな刺激を与えてくれる……。

――雪英に中味が砒素だと伝えたら「知りません。春紅にも関係ないと思います。探してたのはこんなものじゃなく別なもので皇后さまのものでした。『皓皓党』なんて知らないです」ってびっくりしていたし……。

雪英は、いささか居心地悪そうにして春紅が探していたものについて教えてくれた。春紅は雪英に見られたくなさそうにしていたから、人に言ってはならないことだと思ったけれど、皇后が落としたものは沓だ、と。

しかも特殊な沓だと。

自分たちは砒素なんて探してなかった、と。

だから翠蘭はそれ以上、雪英を問いつめることはしなかった。

あの皇后ならば砒素を持ち歩いていたとしても驚きはしない。そして、皇后はどうやら纏足ではなく後宮を自由に歩いて回れるようであった。

朝の日差しは山の端からにじみでるようにゆっくりと空を広がっていった。透明な青が紫、赤へと変わり、やがて金の色が空を染め、丹陽城の黄瑠璃の瓦を照らしている。

ふたりが昨夜歩いたのだろう足跡は雨で流されたのか、石畳からは読み取れない。が、この道筋は雪英が話してくれたから間違っていない。

石畳が途切れた先には、乱れた足跡が残っている。雪英と春紅のふたりの往復分にしては多く見えるが、帰りは急いで走ったというから、何人もの足跡に見えてしまうのかもしれない。

さらに進んでいくと、草が倒れ土が大きく抉れている場所を見つける。手提げ灯籠がひとつ泥にまみれて落ちていた。その脇の茂みに雪英に持たせた傘が広げられたまま引っかかっていた。きっとここで転んで傘を落としたのだろう。

翠蘭は傘を手に取り、しゃがみ込んで付近を探る。

「雪英の話だと、茂みの奥にふたつの目があったのよね。……ということは」

地面に両手をついて、自分より少し背が低い雪英が屈んだくらいまで視線を落としてみる。枝がいくつか折れて地面に散らばっている。この茂みの奥に潜んで隠れていたものは、こちら側へと這い出てきたようだ。

獣なら、獣の足跡があるはずだが――。

「獣ではないわね。これ、足跡じゃあないもの」

なにかがずりずりと這いずったような長く細い跡だけがそこにある。

その先は雪英と春紅たちの転倒や逃げ去ったときの足跡に紛れてなにも見えなくなっている。

小柄なら茂みを屈んで抜けて通れるが、翠蘭では無理だ。立ち上がり、茂みのまわりをぐるりと迂回して、向こう側に回ってみる。

「こちら側には足がある」

しっかりとしたふたつの足跡。

足跡を壊さないように注意して、比較として自分の足を横に並べる。

「私の足より小さいわ」

幽鬼は足跡を残すものなのだろうか。

翠蘭はここでも屈み込み、茂みの奥をじっと見据えた。やはり小枝が折れて散らばっている。

「枝が折れるということは、この幽鬼には実体がある。茂みをくぐり抜けることで枝を折ることのできる幽鬼なら、私の棍も、剣も、幽鬼の身体を殴りつけたり、刺さったりしそうね」

茂みの根もとになにかを掘り起こしたかのような跡を見つけ、翠蘭はしばらく考え込んでから、その足跡を辿っていく。

足跡は、茂みのまわりをあちこちにうろついて回っているが、どうやら、翠蘭が来たのとは反対側に茂みを迂回して、この場所へと辿りついている。

「歩いて来て、茂みからは這って出た」

——どうして?

そこはまだちっともわからない。

翠蘭は考えながらやって来た道をとって返した。

水月宮に戻ると明明に「娘娘また泥遊びしてきて。早く手を洗ってらっしゃい」と叱りつけられる。

「はーい」

と応じてから、部屋の片隅にある鍵のついた引き出しに向かった。鍵を開けて、なかにしまっていた布を取り出す。後宮に輿入れした翌日に池の泥の汚れを拭いた布である。明明が「洗うか捨てるかしてくれ」と言っていたが、翠蘭は洗いも捨てもせず、後日、検証してみる日が来るかもと、そのまま、しまい込んでいたのだ。

その布で、手を拭いた。

「赤い」

以前、ついた黒と赤の泥。

その赤と同じ泥だ。

「冷宮の土が御花園の池の底に溜まっていた……」

でも——なんで？

怒られるかもと思ったが、汚れのついた布を畳んでまた引き出しにしまい込む。鍵がついているけれど、なかには高価なものはなにひとつ入れていない。明明に見つかったら困るものを全部ここに突っ込んでいるというだけだ。汚れた布に、賄賂の入った小袋に、雪英が落とした砒素の入った袋に——。

「なんでって言うなら、賄賂を贈ってまで見たい記録も、あれは〝なんで〟よね。徳妃さまのところの宮女ってことは、徳妃さまのために動いてるんでしょ。伽と月のしるしをごまかしたり、気にかけたりするようなこと……する、よ、うな……あれ？」

する、かもしれない。

自分がもし〝そう〟なったら。

ひとつだけ動機を思いついてしまった。

「だけど……うん。だとしたら、気づかないことにしておこう。それにこれは幽鬼とは関係ないし知らない。知らないったら知らないっと！」

こくりとひとつうなずいて——翠蘭は、思い当たったことを、ひとまず忘れることにした。

*

そうやって調べてまわったり、後宮そのものについてや、後宮の人びとについて雪英に習いながら日を過ごして——。

義宗帝と幽鬼について調べようと約束をした夜になった。

夜半である。

義宗帝が水月宮を訪れた。

「……ちょっと遅くないですか？」

翠蘭は義宗帝の顔を見て、うっかりと本音をつぶやいてしまった。

お気に入りの棍でとんっと床を叩くと、かこーんと小気味よい音が響き渡る。

音に反応し、翠蘭と共に義宗帝を待っていた皇后づきの宮女である春鈴がびくっと震えた。

明明が目をつり上げて、義宗帝に見えない角度で翠蘭の脇腹をぎゅっと抓(つね)る。失礼なことを言うなという意味だろう。

「遅かったか？　幽鬼が出るのなら夜半過ぎかと思ってな。そこの宮女は皇后のところの春鈴だな。楽にせよ」

義宗帝はおっとりとした動作で部屋を見渡す。視線は春鈴のところで一旦止まり、皇帝に凝視された春鈴がかしこまって拱手して固まった。

「私、陛下とやりたいことがあったんですよ。だから早く来て欲しかったんです」

この日に調べようと約束をとりつけたのは義宗帝のほうではないか。だったらもっと早く来て、とっとと調べるべきなのではないか。それに春鈴より先に皇帝が水月宮に来てくれたなら、春鈴のいないところで遠慮なく、象について聞けたのだ。

――絶対に春鈴が見た幽鬼は象だし、その後にみんなが見たり聞いたりしている幽鬼の何割かは、陛下がこっそり飼っているという象の仕業よ。

だが、それを他に人がいるところで聞けないのが歯がゆい。

ふたりきりになれるなら聞きたかったのにと、憤ったまま皇帝の側につかつかと歩み寄る。

どういうわけか義宗帝は腕組みをし、可憐な様子で小首を傾げ、妙な感じにあやしい微笑みを口元にのぼらせた。

「大胆だな。そんな直截な誘いをされるのは、はじめてだ。だが、悪くない」

一気に周囲の空気がざわついた。

明明が両手で口もとを押さえ、春鈴が慌ててまた拱手の姿勢に戻って「お邪魔をしてしまいました。申し訳ございません」と小声で謝罪する。

「……ん？」

思っていた返しとどこかが違うと翠蘭もまた首を傾げ――「やりたいこと」を夜伽のことと勘違いしている⁉

待て。そういう意味じゃない。

「違いますっ」

翠蘭は慌てて今度は皇帝から距離を置き、ぱっと後ろに飛び退る。

いきなりすぎたせいなのか義宗帝が目を丸くした。

「違うのか。いや、違うのはいいとして――そなたはずいぶんと身が軽いな。猫のようだ」

「猫……」

「かわいいな」

にっこりと笑って言い切った。

「か……かわいい？」

義宗帝がこくりとうなずく。うなずかれても、と思う翠蘭だ。

「さて、待たせてしまったようで悪かった。だが皇帝とはそういうものだ。私は人を待たせるが、私は誰のことも絶対に待たない」

「……はぁ」

すっかり煙に巻かれてしまう。

棍を片手に上目遣いで義宗帝を見やる翠蘭に、月の精霊のごとき皇帝が艶然と微笑んで、

「では、参ろうか」

と、歩いていく。翠蘭たちが彼に従うことに疑いを持っていない足どりである。

これが皇帝というものかと呆れる翠蘭を置いて、春鈴が手提げ灯籠を持ち慌てて義宗帝を追いかけ「明かりをお持ちいたします」とその足もとを灯籠で照らした。

春鈴の優秀な宮女ぶりに、明明と翠蘭は素直に感心し、顔を見合わせて、その後をついていった。

水月宮の外に出てみれば——三日前の雨があたりの埃を一掃し、月明かりのまぶしい夜である。

「今夜、幽鬼が出てくれればよく見えるのだが」

義宗帝が暢気なことをつぶやきながら先頭を歩いていく。

最初に足を向けたのは御花園——十日前に見たときは水をくみあげられていた池が、いまはもうすっかりちゃんとした池に戻っている。池の縁に積み上げていた泥は影も形もなくなっていた。

一応、池の様子を見ようかと翠蘭は足を止めたが、義宗帝はするすると先へ進んでいってしまう。

「待ってください、陛下。この付近でも幽鬼を見た人がいるんですから確認しましょうよ」

翠蘭は今日も早起きをして武の鍛錬をし、美味しいご飯を食べ、後宮内をうろつきまわって歩数をはかって帰宅して地図を作り、ついでに幽鬼の目撃情報にもとづいて地図に幽鬼についての特徴を書きしるしていた。

自作の後宮地図に、明明と雪英と共に整理をした幽鬼情報の赤いばつじるしをつけたもの。

その地図を手に、池の水を覗き込む。強い風が池の水面に小さな波を作っている。

「この池で幽鬼を最初に見たのは春鈴よね。で、それは大きな影の異形だった。——ただしその後にも何度か御花園や池の付近で目撃されている幽鬼は人の形なのよね……」

呼び止めても義宗帝は待たずに歩いていってしまう。仕方なく翠蘭は義宗帝を追いかけて走り寄り、地図を見せて説明した。義宗帝が翠蘭の手元を覗き込み、感心したように

「よく調べているな」とつぶやいた。

一番最近のしるしは、雪英と春紅が見たという冷宮への道の途中だ。

「そなた、存外、まめな性格なのだな。日付まできちんと書いてある」

「私がまめなのではなく明明と雪英がまめなのです」

あと「存外」ってなんですか――と思ったがそこを言い返すのは不敬かもしれないのでぐっと堪えた。

「春鈴、あなたが見た幽鬼について教えて」

「はい」

春鈴が進み出て、三日前にお茶会で語ったのと同じ話をしてくれた。義宗帝がいることで緊張して顔が強ばっているが語る内容は三日前と相違ない。

「つまりそっちの大きな木の陰からこの世ならざるところから聞こえてくるような音と共に突然幽鬼が出てきた、と。巨大な影だったので人でないことは確実である、と。そういうことよね」

「はい」

異形の正体はたぶん象だと推理しているし、それについては早く義宗帝に確認をとりたくてならないところだ。

ちらりと義宗帝を見るが、表情はぴくりとも変化しない。麗しい笑顔で鷹揚にうなずき春鈴の話を聞いている。ここまで「まったく身に覚えはないが」みたいな顔をしてうなずかれていると、もしかして自分の推理は間違っているのだろうかと不安になる。

「池で見られているのは最初だけが異形。他は宮女の幽鬼だ。異形のことはこの際、捨て置こう。ただ一度しか現れていないのだから」

うん。そうきたか。だったらやっぱり異形の正体は象か。

「ですよね」

翠蘭はこくこくと二回うなずいた。

「はじめのうち幽鬼が見られたのは池のまわりばかり。なのに最近は池のまわりより冷宮の付近で幽鬼が見られるようになっているな」

義宗帝が続けた。

翠蘭もそれはしっかり調べ終え、地図に書いてある。

「はい。三日前、うちの雪英が見たという幽鬼は冷宮にいく途中の茂みに潜んでいたようです」

翠蘭の言葉に義宗帝が聞き返した。

「潜んでいたと、どうしてわかる？」

「幽鬼に遭遇したと聞いてすぐに調べにいきました。雨上がりのせいで足跡がついてました」

義宗帝が歩きだす。

「なんでまた冷宮に続く道をそなたのところの宦官と皇后の宦官が連れ立って歩いていたのだ？」

「雪英はいい子で、春紅と仲がいいんです。ふたりにはふたりの事情っていうものがあるんですよ」

どういうわけか進むにつれて自然と声が小さくなる。

空から零れ落ちる月明かりはどこであっても同じだろうに、歩いている道が細く、頼りなくなってくるにつれ、闇がにじり寄ってくる。視界を遮るものが多くなってくるからだ。丈の高い草に、茂みに、樹木。すべての影が色を濃くし、翠蘭たちを取り囲んでいる。

今日は風が強い。

ざわざわと木の枝を揺らし通り過ぎていく。

石畳が途切れた先には草が踏みつぶされた冷宮への細い道。

春鈴が義宗帝の先に立ち、灯籠を掲げ、道の先を照らしている。足もとを確認するためだろうか、少しうつむきがちに歩く春鈴の額に、木の枝がぶつかりかける。

翠蘭はすぐに駆け寄って、春鈴と樹木のあいだに身体を割り入れた。左手で木の枝を押さえ、斜め後ろの春鈴を振り返り、注意した。

「そんなふうに道の端を歩くと、大きくのびた枝に髪を乱されてしまいます。髪ならばまだしも、綺麗な顔に傷がついたら大変だわ。真ん中を歩いてください」

「え……ですが」

と言ったきり口をつぐみ、春鈴は困った顔で翠蘭を見返した。

道の中央は義宗帝が歩む場所。宮女は道の端で皇帝の足もとを照らし気遣うべき。

そう思っているのだろう。

「——では、ここからは私が先頭に立ちましょう」

返事は聞かない。「でも」とか「ですが」で地位の高い者に道の真ん中を譲り、そのせいで美しい肌に傷をつける必要はないと思うので、返事なんて聞くまでもない。誰がどこを歩こうがどうでもいいではないか。

「最初に歩いたときから思ってたんですが、ここ、誰も歩かないからって庭木の手入れや道の整備をしないのよくないですよ」

邪魔な木の枝を棍でばさばさと薙ぎ払って歩く。

と——。

視界の端にきらりと瞬くものがあった。立ち止まり、無意識に左手を掲げる。肌にちりっと痛みが走る。

「待って。みんなそのまま動くのをやめて」

細い糸が木の間に張られていた。ちょうど翠蘭のこめかみあたりの位置だ。ぴんと張った糸というのは、使いようによっては凶器になる。ゆっくり歩いていたからよかったが、気づかず走っていたらざっくりと切断されるところだった。

——私はこめかみ。陛下なら首筋。

ぞっとしてあたりを見渡した。張られている糸はここだけのようだ。懐から小刀を出して糸を切る。糸の端が、だらりと下がって落ちた。

「娘娘、血が……」

明明が慌てたように近づいてくるのを押し止める。

「大丈夫。このくらいはたいしたことはない。木の間に糸が張られていたの」

そう言って目をすがめ空を見上げた。

「月があって光を受けていたから気づいたけれど、月も星もない夜だったら」

いったい誰が、なんのためにこんなことを？

「娘娘……もうやめましょう。帰りましょうよ」

明明の声が震えていた。

「そうね。みんなは帰ったほうがいいかもしれないわ。なにかあったら困るもの。陛下と春鈴と明明はもと来た道を戻って。私はこの先の道を調べてみるから」

「嫌です。私もいきます」

明明はそう言うと思っていた。ため息を漏らすと義宗帝が鼻を鳴らした。

「私もいこう。私だけ帰ったら臆病者と言われてしまいそうだ」

「あの……私もいきます。私だけ帰ったら皇后さまに……怒られます」

「……そう。だったらみんなあたりをよく見てみてね。あと私の後ろをついてきて」

そう言って――結局、みんなで獣道を進んでいくことになった。

翠蘭は背後の春鈴の足もとにも気を配り、つまずきそうになったら「気をつけて」とその身体を片手で受け止める。

春鈴の腰に手を回すと、びくっと身体を震わせた。

「ほら、その先に石が埋まっています。足もとをよく見てくださいね」

石を避けさせようとして、くいっと自分のほうへと春鈴の身体を引き寄せる。ぴったりと触れあって、顔が近くなる。

「あ……ありがとうございます」

春鈴が裏返った声でそう言った。目が泳いでいる。

あまりしつこくしていると、嫌がられるだろうか。けれどよく転ぶと自己申告していたし、転んで怪我をさせては申し訳ない。お節介でも手を出し、口も出すことにする。

春鈴は春鈴として――と、翠蘭は義宗帝にも目を配る。

皇帝を転倒させたら一大事だし、皇帝の顔に木の枝が当たって傷をつければきっとこのあたりの木がすべて「不敬」とされて根から引き抜かれて捨てられてしまいそうで。

鯉が死んだら池の水を一昼夜でさらって新しい水に入れ替える人力と財力があるのが後宮なのだ。なにがどうなるかわからない。気をつけるにこしたことはない。

ただし、どういうわけかそうやってあたりに配慮して進むうちに、明明の目が次第につり上がってきているのだけが気になった。

翠蘭はちらちらと後ろを見て、明明の表情を確認しては首を傾げる。おかしなことはしでかしていないつもりなのだが、なにか怒られるようなことをしているのだろうか。糸が張られているような危険な道を、幽鬼を調べるために歩いてまわることそのものが明明にとっては気に食わないことではあろうけれども。

明明に「なんでそんな怖い顔をしているの」と聞こうかと振り返った、そのとき――。

「あ」

春鈴が声を上げ、立ち止まって翠蘭の背後を指さした。

小さく息を呑んでから、目を丸く大きく見開いて、絹を裂くような悲鳴を上げる。それに呼応したかのように、明明も、身体のなかの空気をすべて絞りだすような長い悲鳴を迸(ほとばし)らせた。

春鈴が手にしていた灯籠がぐらぐらと揺れる。危ないと翠蘭は咄嗟に足を進め、その手から灯籠を引き取った。

そのすべては刹那のあいだの出来事だ。

強風が灯籠の炎を吹き消した。

手元の火が消えて、闇の色が濃くなった。

ざざざ……と背後で音がする。

春鈴が翠蘭の手のなかでかたかたと震えている。春鈴の後ろで義宗帝が不思議そうな顔で翠蘭の背後を凝視している。明明が「娘娘……娘娘……逃げてください」とささやいて、翠蘭のほうに足を進めた。

翠蘭はそこでやっと振り返った。

樹木の向こうにぽっかりと白い顔だけが浮かんでいる。

女だ。

女の生首だけが空中に留まっている。

こちらを見返すぎらぎらと輝くふたつの目。

あやしい微笑みを浮かべる口は耳まで裂けているように見えた。口元から顎まで赤く滴り落ちているあれは、血だろうか。

──幽鬼？

背中がざわりと粟立った。

驚きと恐怖が翠蘭の全身を凍りつかせる。指の先まで冷たくなる。それでも身体は自然と幽鬼に向き合い棍を構える。日頃の鍛錬の成果である。

「娘娘……だめです。危ないことはおやめください。こっちに……こっちにいらして」

明明のささやくような声が聞こえてくる。ちらりと見ると、明明は翠蘭を呼び止めようと足早に進み、手をのばす。青ざめた顔に、小刻みに震える手。

――怖がりなのに、私を止めるためだけに勇気を振り絞るとか。

「いいや。こちらには来るな。私はそなたに幽鬼の正体を探れと命じたはずだ。そのうえで幽鬼をとらえるか、二度と現れぬようにせよ、と。それでもそなたは目の前の幽鬼を逃がすのか」

義宗帝の声が響いた。

凛とした声である。張り上げるわけでもないのによく通る。命じ慣れた、人を従わせることを当然とする者の声だ。

どんな顔でこんな冷酷なことを言っているのかとそちらに視線を向ければ――月に照らされた皇帝の姿は憎らしいほどに美しい。澄んだ目で翠蘭だけを見つめている。

――ひどい男。

けれど義宗帝は春鈴を幽鬼からかばうように肩を半分斜めに割り入れて、立っていたのだった。しかも翠蘭へ向かって進もうとする明明に邪魔にならないように手をのばしている。いざというときには後ろから明明を捕まえて引き戻せるような位置だ。

怖いだろうに幽鬼から翠蘭を守ろうとする明明と、恐怖にとらわれようとも自分の命令を遂行せよと冷たく言い捨てながらふたりの宮女のことは守ろうとする意志を見せる義宗帝のふたりの言葉が、翠蘭に活を入れた。

凍りついたかのようだった翠蘭の身体の一部が溶けていく。

「はっ」

声を上げる。

身を翻し幽鬼に走り寄って、棍をふりあげる。

あり得ない状態でただ顔だけが浮かんでいると見えた幽鬼であったが、近づいてみれば、首の下にきちんと身体がついている。暗い色の布を頭からすっぽりとかぶって胴体と手足を隠し、月明かりに照らされた顔だけを出して佇んでいただけで――。

なんだ。

すべては目の錯覚。

恐怖にとらわれた己の心が見せるまがい物。

棍をふりかざし幽鬼に向かって飛ぶ。幽鬼がすいっと身体を横にずらして棍を避けようとした。

幽鬼が頭からかぶっている布が翻って、たなびいた。

が、幽鬼の動きは翠蘭より遅い。

棍の先が幽鬼にしっかりと当たる手応えが、あった。棍の持ち手がぶんっと震える。幽鬼は打たれた左肩を押さえ、翠蘭に背を向けた。

――逃がすかっ。

しかし棍を構えた翠蘭の目の前で、幽鬼はすばしこい動作で手近な枝に掴まってするすると木に登りはじめた。

「なっ……木登り⁉」

だったら自分も得意だと棍を片手に幽鬼の後をついて枝に手をかけた。ぎょっとしたように振り返る幽鬼の顔は前よりずっと近い。

よくよく見れば――やけに白いのは白粉（おしろい）を厚く塗り込めたせいだとわかる。耳まで裂けているかに見えた口は、紅で描いた嘘の口。

滴り落ちる血もまた、偽物だ。

――これは、人だ。

幽鬼ではない。

「……っ。あなたは」

声が出た。

幽鬼はきっと目をつり上げて翠蘭を睨み、今度は木の枝に摑まって身体を揺さぶり、勢いをつけて飛び降りた。つられて翠蘭も同じようにして飛び降りようとした。が、翠蘭が手をかけた枝は細く、翠蘭の身体を支えることができかねてみしみしと嫌な音をさせ、ぽきりと折れた。おかげで翠蘭は半端な位置に投げだされる。咄嗟に受け身の姿勢をとってころりと地面を回転し、呼吸を整え、棍を構えて起き上がる。

幽鬼が着地した先にいたのは春鈴だ。

春鈴が悲鳴を上げ、地面に倒れ込む。背中から転倒する春鈴の身体を義宗帝が片手で受け止め幽鬼に向き合っているのが見えた。

幽鬼は一瞬、ためらったように動きを止め――そのまま身を翻して生い茂る樹木のほうへと逃げていく。

後を追おうとして――やめた。

そのかわり義宗帝と春鈴のところに駆け寄った。

どうやら春鈴は恐怖のあまり失神してしまったようである。翠蘭は義宗帝と共に春鈴をその場に横たえる。懐から嗅ぎ塩の入った小さな瓶を取りだし、蓋をはずすと、蒼白の顔で目を閉じている春鈴の鼻先で嗅ぎ塩を揺らした。

嗅ぎ塩は、特殊な強い香りのする結晶だ。意識が朦朧とするときや、弱ったときに嗅ぐことでやる気が出るので持ち歩いている。強烈な刺激は、失神した人ですら目覚めさせる。

「……ん……んんっ」

小さく首を振り、春鈴が目を開けた。

「春鈴、大丈夫ですか？　ああ、私の声がちゃんと届いているようですね。この指は何本に見えていますか？　失礼。首に触れても？　呼吸は苦しくないですか？」

矢継ぎ早にくりだす質問に春鈴が答える。ぼんやりとしているが、それ以外は平気そうだ。

脅えた様子を見せる春鈴の背中に手をあて、半身を抱き起こす。髪や背中についた土や草をさっと払いながら、

「あなたに怪我をさせなくてよかった。幽鬼は逃げていきましたよ。私がついていながら怖い思いをさせてしまった。ごめんなさい」

と顔を覗き込んで謝罪すると、春鈴が「いいえ。そんなこと。助けてくださってありがとうございます」と潤んだ目で翠蘭を見つめ返した。

「立てますか？　ふらふらしてませんか？　もし歩けないようでしたら私が背負って帰りますが」

「いいえ。そんなこと……あの……」

狼狽える春鈴を立ち上がらせたついでに、腰を屈めて背中を向けて「いいから。また倒れたりしたらと思うと心配だから。首に手をまわしてください」と押し切った。春鈴がおずおずと手を回し、しがみつく。足にぐっと力をこめて背負い、歩きだす。

どういうわけか明明が大きく嘆息してから、翠蘭が地面に置いた棍と転がっている灯籠を抱え、少し先を歩きだす。灯籠の火はもうないが、先に歩いて地面を探り、石があればさっと避け歩きやすいようにしてくれる。しかしなぜか明明は呆れ顔のままであった。

さらに義宗帝までもが嘆息し、額に手を当ててうつむいて、言う。

「昭儀は強いな。思っていたよりずっと強い」

「ありがとうございます」

誉めてくれたのかとそう応じると、義宗帝は小さく首を横に振る。

「だが向こう見ずすぎる。幽鬼に駆け寄って棍を振り回し、木に登って、そのうえ木から飛び降りるとは」

「なんでですか。向こう見ずを誉めてくださいよ。私をけしかけたのは陛下ですよ!?」

「けしかけたが、まさか本気でやってのけるとは思わなんだ。そなたは頼もしすぎる。かわいい猫だと思っていたら、虎だった。虎……いや……猿?」

「猿ってなんですかっ。……あ、すみません」

思わず言い返すと、義宗帝が笑った。

「許す。猿は、猿だぞ、愚か者?」

そして義宗帝は翠蘭に近づいて「構えずともよい。以降、そなたは私に対して無礼でいることを許可しよう。猫か猿か、とにかくなにかしらの動物ゆえに礼儀は知らないのだろう」と鷹揚に告げた。

「わかりました。ありがとうございます。動物なので礼儀知らずですみませんっ」

少し尖った声が出たが——よく考えたらそれが翠蘭の一番欲しい立ち位置だ。寵愛を受ける妃嬪ではなく愛玩動物。礼儀知らずにふるまってよくて好きなように過ごせる。

「じゃあ無礼にもお願いを申し上げます。明日、昼、つきあってもらっていいですか。けっこう長く時間をとってもらうことになりそうですけど……」

「許す。昼でいいのか。私にとって伽は勤めゆえ、誰とどこで何時間過ごしたかは宦官たちに記録されることになっているが」

「伽じゃないですっ。幽鬼についての報告であろうな。一緒に司馬貴妃の水清宮（すいせいきゅう）にいって欲しいだけです」

「幽鬼についての報告であろうな。昭儀、ひとつ大事なことを教えておこう。私は、私の望まぬ報告は聞き入れない皇帝だ。私の見たいものを見せ、聞きたいことを聞かせてくれるよう望む。それでよいなら時間を作ろう」

よくないと思ったが――。

なにかを言い返せる状況でも立場でもない。

――陛下は、きっと、性格が悪いんだわ。

たぶん。性格は悪いが、頭はいい。自分の立場をわかったうえで使いこなしているわがまま者なのだ。

翠蘭は、だから、ぐっと息をつめ「はい」と応じた。

そんな翠蘭を横目で眺め、義宗帝はあわい微笑みを口の端にのぼらせた。


翌日である。

昼過ぎに、水月宮に皇帝自らがふらりと現れて明明手作りの菓子をいきなり所望したので雪英が驚いて固まってしまったり、望まれて喜ぶかと思いきや明明が他にも美味しいものがあるというのにあえて冷めた饅頭を持ってきてうやうやしく捧げるという妙な嫌がらせをしてのけたりしてから――。

翠蘭は義宗帝と共に水清宮に向かっていた。

義宗帝は手ぶらだが、翠蘭は剣を下げ、かつ打撲のための湿布に裂傷のための軟膏などをつめた袋を背中にくくりつけている。

「明明の饅頭は冷めても美味であった。あたたかいときっともっと美味しいに違いない。次はふかしたてのものが食べられる時間に訪れることにしよう」

義宗帝は暢気にそんなことを言っている。

「そうですね。ふかしたてはもっと美味しいです」

が、はたして明明はそれを皇帝に差しだすだろうか。

――明明、昨日からずっと怒ってるからなあ。

いわく――「陛下が強くなかったのが悪い。陛下がちっとも活躍しないから娘娘のかっこよさが目立ちまくってしまって、これはもう娘娘は後宮でみんなの注目を集める道まっしぐらじゃないですか。春鈴さんを背負って水晶宮まで送り届けるとか、やり過ぎですかっ」ということだった。

背負ったのは翠蘭であり、義宗帝は関係ないのでとばっちりだ。

――だいたい、陛下は手を出さなかっただけで位置取りは全体を把握して〝ここにいれば、いざというときに手早く対処できる〟っていうところに立っていたのよね。春鈴も明明もそういうのには疎いから気づいてないっていうだけで、陛下はたぶん〝できる男〟なのよ。

春鈴のことも明明のことも守ろうとする動きを見せていた。

――陛下ってどこまでいっても底が知れないわね。

もっとも一国の皇帝なので、底が知れないくらいでちょうどいい。まだ後宮に来てわずかしか経過してない翠蘭に、あっさりと本性を見抜かれるような男では困るのだ。国を掌握して動かしているのは皇后だが、生贄として、国を守護しているのは皇帝なのだ。

翠蘭は隣を歩く義宗帝を見ながら問いかける。

「ひとりで歩いてまわって太監に怒られないんですか」

翠蘭は輿に乗らないが、義宗帝もまた徒歩なのだ。はたしてこれでいいのだろうか。

「それを私に言うのか、変わり者……」

義宗帝が嘆息した。うつむいて額を押さえ、首を左右に振る。

「そなたは幽鬼について報告したくて私に時間を作らせたのだろう？　間違っているか？」

「……いえ。合ってます」

「推察するに、太監に聞かせたい内容ではないだろうから、私なりに気遣った。意味があって誰も連れずに歩いてきたのだ。ここはまず私に〝ありがとうございます〟と感謝を述べるところのはずだ」

「え……あ、はい。ご配慮くださりありがとうございます」

「うむ。――で、水清宮に辿りつく前に私に話しておきたいことがあるのではないか？言ってみろ」

「はい。まず春鈴が見たという幽鬼なんですが、象じゃないかと思っているんです。陛下、春鈴が幽鬼を見た夜に象の散歩というものをしてたんじゃないですか。春鈴が悲鳴をあげて逃げていったの見ませんでしたか？」

「その通りだ。よくわかったな」

「わかりますって」

「妃嬪と宮女は象の存在にいまはまだ気づいてはおらぬが、いつまでも秘密にしておけるとは思っていない。たぶん皇后はとっくに知っているだろうし、いずれ妃嬪たちの娯楽のために象の見学を許可することになるだろう。もともとがあれは私が欲しがったわけではないのだ。とある商家が売りさばけずに困ったものを無理やり贈りつけてきた。生き物ゆえ、殺すのは忍びないし受け取った」

象を無理やり贈られるという状況がわからないが――皇帝ならばそんなことも起こり得

るのかもしれない。

「問題なのはそれ以外の幽鬼の正体は私の象ではないということだ。で？　水清宮に幽鬼がいるのか？」

　さらっととんでもないことを聞いてくる。

　対する翠蘭の答えはひとつ。

「はい。おそらく。それを確かめに参ります。でも幽鬼はひとりだけではなさそうなので、この後が厄介です」

「ひとりだけじゃないのか？」

「象と水清宮だけでは幽鬼の数が足りません。最初は象。次の幽鬼はおそらく自死したという水清宮の宮女でしょう。頻繁に御花園と冷宮のあいだを行き来して、池の水に泥を混ぜていた。鯉が死んだのは冷宮の土がたくさん運ばれて御花園の池に捨てられて、鰓が詰まってしまったからなんですが……なんでそんなことをしたのかがわかりません」

　それにひとりの人間が運べる土の量はたかがしれている。どうやって鯉が死ぬほどの土を運び込めたのかは謎のまま。またどうしてそんなことをしようとしたのかの理由もまったくわからない。

「でも、疚しいことをしていた自覚はあるのでしょう。最初のうちは見つけられたら相手を脅す幽鬼でしたから。目元を隠すように頭巾をかぶって、白い顔で耳まで裂けた赤い口。

血が滴っていた。最初のうちの幽鬼は〝まだ生きていた〟宮女の月華だと思います」

ひとつひとつの点が「なに」かはわかっても、点をつないでいっても線にならない。全体像はまったく見えない。しかし義宗帝が翠蘭に求めたのは「幽鬼の正体を探って欲しい。そのうえで幽鬼をとらえるか、二度と現れぬようにしてもらいたい」だ。

「だとすると、なんでそんなことを？　そして、本当にその宮女は自死なのでしょうか」

翠蘭が疑問を口にすると義宗帝は「さて」と応じた。含みのある言い方である。

「わかりませんが、それについては私は真相を探れとは命じられていないので無視します。――それで次の幽鬼は頭巾をかぶっていてもっと幼い。故郷の妹を思いだしたという証言があったので、小柄で幼かったとかそういう意味だと思っています。それで白く顔を塗り、口を赤くして耳まで裂けているように描いて……昨日会った、あれです」

「あれ、か」

それだけで伝わっている。

いちいち翠蘭に調べさせずとも、象と水清宮の宮女の幽鬼についてははなからわかっているようだ。他の幽鬼の心当たりもあるのでは？

――だって私が思いつくくらいの相手だもの。

ならばなぜ翠蘭にこんなことをさせるのか。

「幽鬼がもう出ないように言い含められるかは、これからです。幽鬼のふりそのものはいいんですが、夜のひとり歩きは危ないです。それに昨日の夜は、冷宮への道に糸が張られてましたよね。誰がなんのためにしたのかがこちらもわからない。昨日の幽鬼がやったなら問題ですが、やってないとしても問題です。ただ、糸については——これも私は陛下に特になにも命じられてませんから無視します」

「無視……するのか」

「はい。とりあえずは無視させてください。あれ、陛下だったら首筋すぱっと切られてうっかりしたら死んじゃってたかもしれませんが、それはそれです。いまのところ、陛下の首と胴体はつながってますから」

「そうか。うっかりしたら私は昨夜死んでいたのか。それはそれは残念なことだったな」

義宗帝が朗らかに笑った。

ここは笑うところではないと思うのだが、さすが皇帝は高貴ゆえ山暮らしの庶民だった翠蘭とは感覚がずれているのだろう。

「残念なわけないじゃないですかっ。そういうの笑えない」

翠蘭は立ち止まり、ぴしゃりと言った。

義宗帝も立ち止まって不思議そうにして翠蘭を見返した。

「そういうの！　笑えませんから！　あなたが皇帝であろうとなかろうと関係なく、人の生き死には笑い事にはなりません」

もう一度くり返したのは、義宗帝が本気で理解していないようだったからだ。

そして――それが、なんだか悲しい。染みるように侘しい。誰のことも信じられずに毒味役がいつも側にいる、そんな彼のいままでの日々が透けて見えてしまうから。

人の生き死には笑い事ではないのだ。生きて動いている誰かが、目の前で亡くなったら悲しむ。そういうものではないだろうか。それ以上のなにがあるのか。

「……陛下は本当はなにもかもご存じなんじゃないですか？　わかったうえで私を走りまわらせているだけじゃないですか？　なにをさせているのか教えてください。私は……陛下のことちゃんと守りますから」

祈るようにしてそう言った。これで気持ちが伝わればいいのに。

しかし返ってきたのはまたもや斜め下の言葉であった。

「本当にそなたはおもしろくて愚かで……かわいいな」

「……もういいです。もうっ、いいですっ」

力を込めて言い返す。なんだかとても疲れてしまった。

「怒るな。それに、私もすべてをわかってそなたに幽鬼を調べよと命じたわけではないのだよ。ただ、私は幽鬼が誰であっても本当のところはどうでもよかったのだ。私は、幽鬼の願いを叶えたいと思っただけだ」

「幽鬼の願い？」

「それがこんなに複雑にからまりあったのは私のせいではない。もちろん、そなたのせいでもないのだろうが。さて——どうしたものか」

謎めいたことを言っている。

翠蘭は黙って歩き続けた。義宗帝は微笑みを湛えたまままそれ以上はなにも言わなかった。


そうして水清宮に辿りついたのである。

なんの連絡もないまままふらりと出向いたのだが、なにせ皇帝が一緒である。宮女たちはすぐに翠蘭たちを貴妃のもとに通してくれた。

曲廊を渡り貴妃の部屋へと出向く。宮女が戸を開け、義宗帝とふたりでなかに入る。

貴妃は黒を身に纏っていた。

窓辺の長椅子に座り、肘かけに片手を置いて、ぼんやりと外を見ている。

上襦は黒い絹。刺繍されているのは花と蝶。白の帔帛を肩にかけ、膝の上には皇后に渡された虫籠を置いている。右手は虫籠に添えられて、左手はだらりと身体の横に垂らしている。

「貴妃さま」

そっと声をかける。

「……昭儀」

貴妃はゆっくりとこちらを向いた。

窓から日が斜めに差し込んで貴妃の足もとに薄い白の光の帯を作っている。

貴妃は、翠蘭の顔を見るなり顔を上げ、拳でぐいっと目元を拭った。

たぶん泣いていたのだ。

「陛下も来てくれたのか」

細い声だ。

立ち上がろうとした貴妃を、義宗帝が片手を掲げて止める。

「花蝶。そのままでよい」

「うん」

貴妃は素直にうなずいた。

片手を虫籠に置いて、視線をまた義宗帝から翠蘭へと移す。

「──死んだ」

貴妃はぽつりと言って虫籠を右手に持ち、翠蘭に掲げて見せた。ぎこちない動きなのは、左手がうまく動かないせいのようである。

翠蘭は貴妃の側に近づき、腰を屈めて虫籠のなかを覗き込む。

よく見てみれば──彼女の手にしていた虫籠は空っぽだ。

「蝶は死んだ。捕まえてもらったその日の夜にはもうぱたっと落ちて、動かなくなってしまった。宮女たちにどうにかしてくれと命じたけれど、だれにもどうにもならなかった。死んだものは生き返らない。救えない」

「そうか」

義宗帝が貴妃の前に立ち、虫籠を受け取って、傍らの卓に置く。

「妾は死んでしまった蝶を指でつまんで虫籠の外に出した。このなかにずっといるのはかわいそうだから、妾の手で、外に埋めてやった。死んでしまったらもう二度と戻ってこないのだな。本当にもう戻ってこないのだな。だったら捕まえたりしなければよかった。外を飛ばしておけばよかった。虫籠のなかで死ぬのはかわいそうだ」

「そうですね」

翠蘭が応じる。こんなふうに泣かせて仕舞うなら蝶など捕まえなければよかった。

「貴妃さま、左の肩が痛むのですね。さっきから身体の右側だけで動こうとされていらっしゃる」

「うん」

「肩を見せていただいてもいいですか？」

「うん」

素直に従う彼女の上襦に手をかける。義宗帝はなにも言わずとも、視線を逸らし背を向けた。翠蘭は痛めぬようにと気遣いながら肩をはだける。現れた肌は熱を持ち、紫色に変色し腫れていた。

「――あなたが幽鬼だったんですね」

静かに問いかける。

貴妃が「うん」とうなずく。真っ黒な目はまるで玻璃のよう。鈍く光ってこちらを見返している。

白塗りの顔で赤い紅を耳まで塗りつけて、血を滴らせた幽鬼。頭巾をかぶった小柄の幽鬼。見られたら相手を睨み返す、故郷の妹に似た幽鬼。茂みの奥で頭巾をかぶり変装をして這って出た幽鬼。それはみんな貴妃だ。

「ごめんなさい。私、やり過ぎでしたね。貴妃さまが相手だって棍をふるったときはわかってなかったから。念のために、薬を持ってきておいてよかったわ。手当てをさせてください」

背負っていた袋のなかから薬を取りだした。

――昨夜からずっとこのままだったのね。

どうして、と思う。水清宮の宮女の誰かにひとこと言って、手当てをまかせればよかったのに。頼める相手は近くにいないのか。命じることすらできないでいたのか。

手早く布に軟膏を塗布し、湿布をする。腫れた肩に貼りつけて包帯を巻いていく。細くて華奢な肩が熱をもって震えている。この小さな身体がずっと耐えてきた孤独や悲しみが、触れる手から翠蘭に伝わってくるような気がして泣きたくなった。

「このくらいの腫れなら、骨は折れていないと思います。でもちゃんと後宮医に診てもらったほうがいいわ。しばらくできるだけ動かさないで」

「……そう」

どこか投げやりに貴妃が言う。

「どうして幽鬼のふりなんてしたんですか？」

治療をしながら話のついでみたいのように、聞く。

どうしてって、と、貴妃は眉尻を下げる。

「月華の死をせめて無駄にしないために。妾のために死んだ月華ができなかったことを、妾がやり遂げようと思ったのだ」

「やり遂げるって、なにをです？」

その瞬間、貴妃は、問いかけた翠蘭ではなく、その傍らにいる義宗帝を見た。

「後宮の外に出ることを。そのために死を纏うことを」

義宗帝が長く息を吐いて「そうか」と、つぶやいた。

あらかじめ想定していたが、そうでなければいいと願っていた言葉を聞いたときのため息だった。なにかに納得しているかのような「そうか」だった。

――ならば、私は、ここであとは聞いているだけでいい。

きっとこの後のことは義宗帝が、導けるところに彼女を導くのだろう。そのために自分が必要かどうかは、いまはまだわからないと思いながら、包帯の終わりをきゅっと縛る。

はだけていた上襦をもとに戻す。

「なにかしていないと気が変になりそうで……」

貴妃が頼りない声で語りだす。翠蘭はただ耳を澄まし、その言葉を聞いた。

「……だから妾は――月華がそれまでやっていたことを真似たのだ。月華の使っていた頭巾をかぶり、月華が使っていた白粉と紅で化粧をし、月華が妾のためにやってくれていたことを夜毎になぞった。陛下……陛下は覚えているか。妾に死を纏えと言ったことを、まだ覚えているか？」

「覚えている。その後、すぐに〝忘れろ〟と言ったことも覚えている。花蝶は忘れようとしなかったのだな」

義宗帝が答える。

「うん。だって妾は外に出たかったの。妾はもうずっと――後宮の外に出たかったの。妾と同じ年頃の友だちを作り、悲しいときは母さまの膝で泣いて、怖いときは父さまと母さまの寝台に潜り込んで一緒に寝たかったのだ。それを願うのは、罪か？」

語るうちにどんどん貴妃は幼く、あどけなくなっていく。

「いや」

「陛下が死を纏えと言ったあのとき、すぐ側に月華がいて、月華は妾のためにと〝死〟を願った。それでも月華は人までは殺せないからと……まず鯉を殺すことにしたの。池の水を汚せば鯉は死ぬ。池まで土を運ぶ姿を見咎められると困るから、幽鬼のふりをして運ぶことにしたわ。ちょうど御花園で幽鬼を見たという宮女の噂を聞いたから」

貴妃の目に涙が滲む。ほろりと零れた滴が頬を辿って顎へと落ちる。もう涙を拭いもせず、貴妃は話し続ける。

「御花園の池は水清宮から近い。あの池の鯉がすべて死ねば、その呪いと不浄は妾に一番近いということになると月華はそう言っていたの。妾は月華が妾のために鯉を殺すことを……嬉しく思った。あのときはまだ死がどういうものかわからなかった」

義宗帝は貴妃の前に立ち、流れる涙を指先で掬った。袖で拭い、その頭を胸元に抱き寄せて隣に座る。貴妃は義宗帝にしがみついた。

「いくつもの命を奪えば妾は外に出られるんだと思った。だから本当に嬉しくて、鯉が死ぬのが楽しみでならなかった。でも……赤い土を冷宮の側から池まで運ぶのをくり返しても、鯉はなかなか死ななかった。それに、月華はどんどんつらそうになっていったの。月華は優しい宮女だったから、鯉といえど命を奪うことになるのが嫌だったのかもしれない。だけどそれで妾は焦れた。月華に〝いつになったら妾は死を纏えるのだ〟と文句を言った。

言ってしまったの」

翠蘭はなにも知らない。死を纏うというのがなんなのか。貴妃と義宗帝がかつてなにを語りあったのかも知らない。それでも貴妃の涙は本物で、心の底からなにかを訴えようとしているのは伝わった。

「月華は〝もう少し待ってください〟と何度もそう言った。〝それに、皇帝陛下がお隠れになれば貴妃さまが外に出られるというのなら、もしかしたらこんなことをしなくてもすむのかもしれない〟とも言った。そんなの嘘だと思った。陛下はお元気で死にそうにない。……妾は月華が鯉を殺すのが面倒になったか、嫌になったのだろうと思って――〝ならば、そなたが死ね〟と。〝死を纏うというのがまわりの者がたくさん死ぬことだというのなら鯉より宮女の死のほうが効果はたしかだ、妾のためにそなたが死ね〟と……」

「……そう月華に言ったのか？」

「うん」

胸元から顔を上げ、貴妃が答えた。

「そのすぐ後に、月華は、死んでしまった……。毒を飲んで……自死だって」

「自死と決まったわけではないだろう。後宮の調べはいつも、甘い。自然死かもしれない。それとも事故死かも。花蝶のせいではないかもしれない」

「ううん。だって、遺言になるものが部屋に書いておいてあったって。遺言は、一度は宦官たちが持っていったけれど、これは自死であって事件ではないからと妾のもとに戻ってきた。ずっとそのまま持っている。ここに」

差しだされた紙を義宗帝が手にとって読んでいる。見事な筆致でしるされたそれを、翠蘭も横から覗き込む。

「吾聞之。
『新沐者必弾冠、
新浴者必振衣。』
安能以身之察察――」

「これは――漁父辞ね」

翠蘭が言う。

屈原という有名な政治家が残した詩だ。

――「安能以皓皓之白、而蒙世俗之塵埃乎」

「知らな……い……。まだ……ならって……ない。なにも……習ってなくて……月華は妾にいろんなことを教えてくれようとしたのに……妾は勉強は嫌いって……嫌がって……わ……が……いけなかった……」

貴妃の顔がぐしゃっと歪んだ。そのまま堰を切ったようになって、貴妃が泣きだした。

うぇーんという遠吠えみたいな泣き声だった。

貴妃の背中を義宗帝がそっと撫でる。

義宗帝の手にしていた紙片を翠蘭はそのまま受け取った。

「月華は……いろ……なこと教えて……くれたの……に。あ……なこと……なきゃ……。な……んであんなこと……言ってしまったんだろう……」

——習っていない、の?

翠蘭のなかでなにかが引っかかった。

教えていないのに、どうしてこの詩を遺書にする?

世の中に絶望し入水した際に書き残したものだから遺書として使うのはおかしくはないが、鯉を殺せと命じられた挙げ句の自死ではたしてこれを残すだろうか。

——この詩の意味は、たしか……。

屈原が言うのだ。「私はこういうことを聞いたことがあります」と。

『髪を洗ったばかりの者は必ず冠についた汚れを払い、入浴したばかりの者は、必ず衣服の埃をふるってはらう』と。

そして言いきるのだ。「どうして清廉潔白なこの身に、汚れたものを受け入れることができましょうか、いやできません。湘江に行って身を投げて魚のエサになろうとも、どうして清廉潔白なこの身を世俗の埃の中にまみれさせることができましょうか、いやできません」と。

違和感を覚える。

「月華という宮女は優しかったのですか」

だから翠蘭は、貴妃に聞いた。

「うん」

貴妃が、しゃくり上げながら、うなずいた。

――優しい女はこんな遺言を残すだろうか？

鯉と池にまつわることで死ねと言われて自死をして、入水をした政治家の詩を？

――どうして清廉潔白なこの身に、汚れたものを受け入れることができましょうか、いやできません。湘江に行って身を投げて魚のエサになろうとも……。

そんな詩を？

よほど恨んでいるなら遺書でこの言葉を残すこともあり得るが。

なにかがおかしいと思いあぐね、翠蘭は自分の手に渡された遺言を凝視する。

「……あ」

声が漏れた。この文字には見覚えがある。ここまで巧みな筆致はそうそうない。

――『皓皓党に気をつけて』。

砒素と共に入っていた紙片の文字とそっくり同じだった。

「そうだな。月華は優しい女であった。最期まで花蝶のことを案じていた。そなたの幸福をいまもずっと望んでいる」

しんみりとして義宗帝が言う。月華の人となりは皇帝もよく知っているようであった。

どういうことかと翠蘭は思う。ずっとばらばらだったただの点と点。でも、いま、その点を結んでいけば、もしかしたら線が引けるかもしれない。引いた線がなにかの絵図になるのかもしれない。

だから——。

「陛下、この遺書の文字は間違いなく月華という宮女のものでしょうか」

小声で聞いた。

「ああ。月華の筆致だ。女性ならではの柔らかい文字で、誰にも真似ることの叶わない美しい文字だ」

義宗帝が応える。

「皓皓党とはなんなのですか」

「知りたいと言うなら教えるが——知りたいか」

「知りたくないです」

より面倒なことに巻き込まれそうな気がしたので、即答した。

「もしかして月華の飲んだ毒って砒素ですか」

「……そうだ」

物問いたげな顔になり、翠蘭の様子を窺っている。貴妃はまたしくしくと泣きだして義宗帝の胸にすがりついた。

「砒素って後宮だとたやすく手に入るものなんですか」

「まさか。たやすく入手できたらあちこちで人が死ぬ。そうならないように気を配っている。それでも抜け穴があるのはいたしかたないが。……なぜ、それを今ここで聞く？」

そうやって聞いてくるということは――義宗帝にも人の心はあったのだと、ふと思う。同時に自分はいま、情け知らずな質問を貴妃にしているのだと感じ胸が痛む。

痛みはするが――。

「ごめんなさい。貴妃さまの気持ちに配慮せずこのようなことを聞いてしまって。でも、もしかしたら月華は自死ではないのかもしれません。だからそこのところをはっきりさせたくて。貴妃さまに重ねてお尋ねさせてください。昨夜、冷宮の側に糸を張ったのは貴妃さまですか？」

翠蘭は腰を屈め、視線の高さを貴妃に合わせてそう聞いた。

「糸？　知らな……い」

目と鼻を赤くした貴妃が、答えた。

それはどうやら義宗帝にとっても重要な質問だったようだ。義宗帝が腕のなかの貴妃の顔を覗き込んでさらに尋ねた。

「花蝶、もしそうだとしても私はそなたを怒ることはない。そなたに言わずともいいことを伝え、いらぬ知恵をつけたのは私だ。そなたが私を殺めようとしたのだとしても、私はただ〝そうか〟と言うだけだ。私はそんなにたやすく殺されることはないが、私が死ねば、後宮の妃嬪たちは代替わりとなる。そなたも外に出られる。私を殺そうとしたか？」

してない、と、貴妃が小さく言った。

「前なら望んだかもしれない……けど……。いまはもう妾は死がまわりにもたらすものがどういうものかが……わかったのだもの。そんなこと、しない。絶対に、しない」

「そうか」

貴妃が嘘をついているようには見えなかった。

＊

――そんなこと、しない。

花蝶の言葉は義宗帝にとって不思議とふわりと甘かった。

そうか、と義宗帝は思う。たくさんの人に死を望まれる自分だが、花蝶は殺そうとはしなかったのか。

結局、泣きじゃくる貴妃をなだめ「また来るから」と落ち着かせ「月華の真実をちゃんと明らかにするから」と翠蘭が約束し、水清宮を後にした。

花蝶は鼻水を垂らし顔をぐしゃぐしゃにして「月華の想いをかなえて欲しい」と訴えた。「自死じゃないのなら、月華を死に至らしめた相手を見つけて欲しい」とも。

帰りも来たときと同じく徒歩である。

花蝶は、こうも言っていた。「どちらにしろ自分が月華に言った言葉は取り消せないし月華はもう戻ってこない。二度と会えない。悔やみ続けて生きる。だからこれが事件であるのなら真実が知りたい」と。

――花蝶もいつまでも子どもではないのだな。

どれだけ幼いままに留めておこうとしても、人は勝手に育つのだ。

「花蝶は死がどんなものかを知ってしまったな」

隣を歩く翠蘭に義宗帝はぼんやりとそう言った。

「死ってなんですか」

翠蘭は怪訝(けげん)な顔である。もちろん死そのものについての問いかけではない。翠蘭は死がなんたるかくらいは知っている。そうではなく、花蝶と自分とが語っていた「死」と「死を纏う」ということについて聞きたいのだろう。

かつて義宗帝が語ったことや、そのときの会話の流れを説明したら、翠蘭はぽかんと口を開けて目を瞬かせてから、

「ひどいですね。陛下は本当にひどいですね。なんなんですか。子ども相手にそんなことを。後宮の外に出るために、まわりの誰かの命を奪えって言ったってことですよね。最悪じゃないですか」

と、一気に言った。

——最悪か。

どすんと重たいもので胸を衝かれたような気になった。単純で、とても力強い言葉だ。語る翠蘭は己の正しさを信じ切っている。信じる気持ちのままで放たれる言葉は嫌になるくらい力強い。

義宗帝の唇からなぜか乾いた笑いが零れる。

「なに笑ってるんですか」

翠蘭は自分に対する丁寧な言葉や態度をとることをやめてしまった。獣みたいなものだから自然体で良いとは言ったが、だからといって素直にそれを信じてしまうのか。まったく。

「そうだな。私が花蝶に語ったことは最低だった。が、最悪というわけでもない。もっとひどいことはいくらでもある」

「またそんな煙に巻くようなことを言いだして……。っ、あ、すみません」

陛下に話しているうちに心の声を押し止められなくなってしまいました、と、翠蘭が謝罪する。

「許す。もともとそなたは思っていることがほとんど顔に出ているから、声に出そうと、出すまいと、私に与える印象は同じだ。好きなだけ口に出していい。私は懐の深い皇帝だ。やるべきことを行える妃嬪ならば、罵倒(ばとう)も許可する」

澄まして言ったら、翠蘭は目を瞬かせて今度は唇をぎゅっと引き結んだ。

開いたり閉じたり、忙しない。驚きや不満、好き嫌いや同情、優しさもなにもかもが顔に出るのも、おもしろい。

「それにそなたには言われたくない。そなたのように向こう見ずな剣の振り方しかしない人間が語る、他人の死に関する意見など聞きたくもないぞ」

「どういう意味ですか」

「そのままだ。そなた、気づいていないだろう？　自己犠牲だけで剣を振るっている。そなたが強いのはいつだって捨て身だからだ。自分の身体を守ろうとせず相手の懐に飛び込む剣が、強いのも道理。捨て鉢だから。死んでもいいと力を振るっているから、強いのだ」

「そ……んなことは……」

「ない、と即答できないだろう、正直者？　剣に限った話ではないぞ。私との出会いからずっとそうだ。万が一誰かの不興を買って死ぬことになってもどうでもいいと思っている。明明だけが助かれば、自分のことはどうでもいいと、な。だからなにも考えずに、思ったままに身体を動かす。そなた、そこまで馬鹿ではないのに、たまにものすごく愚かになっている」

「それ……は」

「薄々は自覚しているはずだ」

笑って告げると、難しい顔をしてこちらを見返してきた。

「まあ、それはいい。そなたの問題だ。私と花蝶の話に戻す」

「は……い」

「私はなにも考えずに死を纏えと言ったのではない。考えたから、言ったのだ。私は花蝶だけは後宮の外に出せるものなら出したいと願っていた。そなたにとっての死の重みはわからぬが、私にとっては死の重みというものは不平等だ。花蝶が〝死を纏う〟ために、私にとっては〝軽い命〟を奪うのならそれも良いと、あのときはそう判断した。だが、私はよしとして、花蝶は死の重みに耐えられる子どもではなかったのだな。愛らしい……優しい……子どもだ、あれは」

――行動にうつすかどうかは、花蝶次第だった。

だから自分は試したのだろう、花蝶を。

ひどいことを言っている。自覚はしている。

けれどすべてが本音であり、真実だ。

死の重みは不平等。見知らぬ誰かの命と、近くにいる好意を持てる誰かの命。自分にはそれが同じ重さには思えない。

詰（なじ）られるかと思いきや、翠蘭はやるせない顔で笑って返した。

「……つまり、陛下は、貴妃のことが大切なのですね」

言い返したい気がしたが「そうだな」とうなずくに留めた。大切なことはたしかなのだ。虫籠のなかで死んでしまう蝶にはしたくないと、外に羽ばたかせたいと願う程度には。

「そうだ。だから私はそなたに花蝶を助けろと命じる」

「助けろって」

最悪だと罵（ののし）ったわりに気遣うような目でこちらを見る。翠蘭という昭儀はずっと、こうだ。自分のことは捨て置くくせに、他人に対してだけはひどく優しい。息をするように自然に人に優しい。自分とは真逆だ。

「花蝶が殺めたのは池の鯉だけだ。月華は花蝶に殺されたわけではないし、自死ではないかもしれないとそなたは言った。事実をそなたが明かしてくれるのだろう？　自死ではないとわかったら、あれは少しだけ救われる」

少しだけ、でしかないが。

「え。私が？　明かすんですか？　いや、だけど陛下はすべてをご存じなのでは？　いろんなことを理解したうえで私を走り回らせて楽しんでいるだけではないんですか？」

「だいたいのことはわかっている。が、たまに、わからないこともある。それに——私は、私だけの剣士で猫で猿が欲しくなった」

「はい？」

「そなたが自分を守らないなら、私ができる限りの権威でそなたを守ってみせよう。私が皇帝である限り。だからそなたは私を守れ。その剣と知恵で。命じられた通りに尽くせ」

拒絶されるかと思いきや翠蘭は難しい顔で、つぶやいた。

「知恵……あるかな？」

「たいした知恵ではない。そこは言うほど期待していない」

「っ、もう。上げたり下げたりっ」

「だが、そなたは、曲がらない。私もだ。誰かを上げたり下げたりはするとして、それでも私は曲がらない。おそらくそなたも」

自分とは真逆なのだ。が、曲がらなさだけはおそらく似ている気がする。

「そなたが曲がらない限り、私はそなたを守る。そなたの明明も、雪英も守り続ける」

「なぜ……ですか」

「さて」

義宗帝は首を傾げた。真顔で問われると、どう説明していいのやら。

「おそらく私は、自分自身の一部が欠けているがゆえ――同じくどこか欠けている相手を愛おしく思うのだ。花蝶もそうだ。皇后も。そなたも」

「皇后さまもですか？」

自分もなのかと聞き返すのではなく、皇后もなのかと問うのか。

「あれはあれで愛おしい女だ。まあそれはそれ。話を進めよう。月華が自死ではないことをそなたはどうやって証明するのだ？」

――命じたのは幽鬼探しだったような気がするが、結局は生きている人を捜すことになる。

「それは――」

翠蘭は思いついたことを熱心に語りだす。義宗帝は「罠を張る、と言うのか」とか「相手がどうしても食いつかざるを得ないように私を餌にするのか。それで私が死んだらとても困るな」と言い返したが――最終的には翠蘭のかなり無謀な計画に乗ることにした。

5

翌日の夜であった。

翠蘭は冷宮の門をくぐり足を踏み入れた。

饐(す)えた臭いが鼻につく。

明かりの灯らない曲廊を辿り、奥の部屋の戸を押し開ける。ずっと締め切っていた部屋の闇は煮つめたかのように深く黒い。目が慣れたところであたりを見回す。あちこちに蜘蛛が巣を作り、隙間風がぴゅうと吹きつける。

壁際に寄せて置かれた椅子に、人が座っている。

いくつもの玉を下げた冕冠(べんかん)に、皇帝にしか許されない金色の龍の刺繍を施した黄色の装束。闇のなかでそこにだけ色がある。光を集めたかのようにまばゆく見えて、翠蘭は静かに目を瞬かせた。

「心の準備はできましたか」

翠蘭が問うと冕冠の玉がじゃらりと音をさせて揺れる。うなずいたようである。

通常の冕冠は冠の上に冕板（べんばん）をつけそこから前と後ろに玉を貫いた糸を十二本垂らしているのだが、華封に伝わる冕冠はなにを考えたものか糸の数をむやみに増やして前と後ろで二十本ずつの四十本。さらに玉もやたらに大きいので、冕冠をかぶると皇帝の顔がまったく見えない。

座る椅子の横に小さな卓があり、茶器が置いてある。口をつけた跡があり、残っている茶は半分ほど。

「ならば、私は、隠れていますので。あとはよろしくお願いいたします」

また、じゃらりと玉が揺れる。

同意とみなし翠蘭は傍らにある木彫りの屏風（びょうぶ）の裏へとまわる。

月華が幽鬼を装い、ひと目を避けて赤い土を池に運んでいた理由はわかった。死を纏わせて呪われたということにして貴妃を後宮の外に放逐させるため。

生前の月華は、目撃された幽鬼のひとりである。

そこまでは確実――。

問題は、その先。貴妃は月華に〝それに、皇帝陛下がお隠れになれば貴妃さまが外に出られるというのなら、もしかしたらこんなことをしなくてもすむのかもしれない〟と自死の少し前に言われたと言っていた。その場しのぎの嘘で貴妃をなだめるためと貴妃は受け取ったようだが、はたしてそうだろうか。

貴妃のために幽鬼のふりをして土を夜毎に運ぶ女。

他者の死を願ったけれど池の鯉しか殺せない女。

きっと生真面目で優しい宮女に違いない。そして貴妃のことをとても慈しんでいたはずだ。そうじゃなければそんな面倒なことを自ら計画して、やってのけたりしない。

そうなってくると、貴妃が語る月華と、月華が残した遺書が翠蘭のなかではうまく結びつかない。語られた状況で、あれを遺書にするのは痛烈な皮肉になってしまう。池の鯉の代わりに死んでくれと命じられてあの詩を遺すだろうか。教えてもいない内容の詩だから、貴妃には伝わらないと思っていた？　いつか遠い未来に貴妃が詩を習って、そのときに恨みに気づけばいいという呪詛として書き置いた？

違和感がある。

貴妃の自由のために自死を選ぶような女が、そんな恨み事を遺書にするだろうか。

だとしたら——事故死。しかし事故死なら遺書は残さない。あらかじめ誰かが用意して死体の傍らに置かなくては成り立たない。

そうすると殺害されたのか。

月華は殺されるような理由があったのか？

誰に殺された？

唯一、殺害理由として思いあたるのは月華が〝それに、皇帝陛下がお隠れになれば貴妃さまが外に出られるというのなら、もしかしたらこんなことをしなくてもすむのかもしれない〟と語った言葉であった。

義宗帝の殺害計画を月華はどこかで得てしまったのではないだろうか。

知られてしまった相手は、だから、口封じのために月華を殺した。

これがきちんとした推測のもとに組み立てた真実か、どうかは、まだわからない。

――皓皓党が、きっと鍵なのよ。

翠蘭が拾った小袋のなかの『皓皓党に気をつけて』という書き文字は月華のもの。そしてそれと共に入っていた砒素は、月華が自死に使ったとされる毒である。

持ち主は、きっと月華を殺した犯人もしくは犯人周辺の誰かに違いないと翠蘭は思った。

だから、翠蘭は、義宗帝に餌になってくれることを持ちかけたのだ。

皓皓党がなにかを聞けば面倒事に巻き込まれそうで避けていた。けれどここまできてしまうと避けるのはもう無理だ。

皓皓党はおそらく皇帝を暗殺しようとしている一派なのだ。

――なのに、どうして陛下は「皓皓党とはなんなのですか」と聞いた私に、平気な顔で「知りたいか」と聞き返してくるのよ……。

義宗帝はどこまでいっても翠蘭の理解の外だ。

はっきりとわかるのは肝が据わった皇帝で、変人であるということくらいだ。

翠蘭に「幽鬼の正体を探って欲しい」と命じたとき、義宗帝は、翠蘭がどこまでやり遂げると想定していたのだろう。翠蘭は彼の手のひらの上でまんまと踊らされている。

――皇帝の命を狙う誰かがいるとしたら、義宗帝を暗殺しやすい状況を作ればきっと引っかかる。そのうえで義宗帝にはあちこちで『皓皓党について昭儀に調べてもらっている。今宵の夜半、冷宮の鍵を開けそこで昭儀とその話をする予定だ』とうっかり話してもらえればいい。

うまくいけば生き餌につられて獲物が網にかかるはず。

忍んでやって来た相手を捕まえて、そこでつるしあげれば――。

義宗帝は「無謀だな」と笑いながら、それでもこの計画に乗ってくれた。翠蘭は義宗帝の近くに侍り、義宗帝を守る。冷宮の外側では皇帝のために編成された軍が身を隠し様子を窺っている。皓皓党という名前からして、複数なのだろう。何人、あるいは何十人。もしかしたら冷宮に火をかけるかもしれない。

――もしそうなったら私が身を挺して義宗帝を冷宮の外にお運びするわ。

どれくらい時間が経ったのか。

息を潜めて待っている翠蘭の耳に届いたのは、忍んで歩く足音である。歩いているのは、ひとり。軽い足音だから小柄な相手か。ゆっくりと近づいてくる音に耳を澄ませ、すっと息を吸う。

戸が開いた。

冕冠がじゃらりと揺れたのは、座ったまま、視線を上げたせいだろう。

黒い影だけが見えた。

翠蘭と同じに短い袍と下衣を身につけた影は、その手に細い剣を持っている。

——来たっ。

翠蘭は腰に下げた剣を鞘から抜いて構え、屛風の裏から、椅子に座る金の龍の前に飛び出た。振り下ろされた剣を、自分の剣で受け止める。

剣が触れあうカチリという音がした。

——軽い。

剣を払うのではなく引き寄せるように身体を下げ、近づいてくる相手の顔を目視する。

途端に——。

「……あなた、誰⁉」

間抜けな声が翠蘭の唇から零れ落ちる。

知らない女の顔がすぐ近くにある。切れ長の目に薄い唇。薄幸そうな——しかしあまり印象に残らないその女性は翠蘭が予想していた相手とはまるで違っていて——。

「――林杏だ」

すぐ後ろで、冕冠越しにくぐもった声がした。

「林杏って……」

広漢に賄賂を渡し、幽鬼を目撃したという徳妃に仕える宮女だ。体調を崩しているとかで今回、唯一、話を聞くことができず、会っていない目撃者。聞かずともこれだけの情報が集まれば、特に補足はいらないだろうと、わざわざ出向くことはしなかった相手。徳妃から連絡があれば話を聞くのでいいかと後回しにしたきりの――。

「なんでっ、あなたがここに……？」

剣を払いのける。林杏がちっと舌打ちをして、飛びすさる。しなやかな身のこなしで、翠蘭の長い剣が届かない場所へと移動した。

「なんでって、なによ」

林杏が剣を横薙ぎにする。受け止めて払うと、すぐ引いて、すぐにまた別の空いている場所へと斬りかかる。ひらりひらりと身を躱し、翠蘭の剣から逃れて、また挑んでくる。体が軽く、力がない己のことをよくわかっている。自分の能力を熟知した剣の使い方に、翠蘭は内心で感嘆する。

ひらりと過ぎる刃が、翠蘭の袍の袖を切り裂く。

次にまたひらりと近づく刃が、翠蘭の下衣の腔のあたりの布地に破れ目をつくる。

刃が触れあい、カチリと音をさせるたびに、少しずつ翠蘭は壁際に追いつめられていく。

林杏はいまや半笑いだ。

「林杏……あなたが月華を殺したの？」

――月華を殺した者がいるとするなら、それは砒素を落とした皇后だと思っていたのに。

自ら手を下すかどうかは別として、この事件の裏にいるのは皇后だと思っていた。

皇后のところでお茶を飲んだときに、いつ、どこで幽鬼について調べるかを話した。その結果、皇后の宮女である春鈴と一緒に歩いて調べることになった。翠蘭たちが冷宮に至るどの道を歩くかはいままで幽鬼に遭遇した人たちの話を聞けばわかる。それで、義宗帝の首の高さに糸を張り、皇帝の命を奪う計画を立てたのではと思っていたのだ。

翠蘭が糸に気づいたので、義宗帝は殺されることはなかったが――。

「そうよ」

林杏が応じる。

わからないことばかりだ。剣を使いながら、頭のなかでいままでに知り得た事実を再構成していく。

徳妃のところの宮女。

――徳妃もあのお茶会にいた。

幽鬼を調べるための夜歩きは、皇后だけが知り得た情報ではなく、徳妃も知ることができた。あのお茶会で話したのだから。糸の仕掛けは、徳妃もまた命じることができたのだ。お茶会で徳妃と皇后はなにかしらいがみあっているように感じられた。皇后は徳妃に何度かお茶をすすめ、徳妃はそのお茶をかたくなに断って、別なお茶を飲んで——。

徳妃はゆったりとした上襦と裙を着ていた。他の后嬪たちと違い身体を締めつけないゆとりのある衣装を身につけていた。胸元に視線が惹きつけられたが、胴体は隠すような着こなしで。

宦官の広漢に賄賂を渡したときに林杏が見ていた記録は、伽の日にちに月のしるし。つい最近またしるしがついて、月のものが来たのだな、そんなこと知りたくもないなとげんなりして頁を閉じた。あれに嘘の記載をさせるなら、伽の日にちではない。そんなことをしても意味がない。記載を入れ替え、記録をごまかすなら、月のしるし。

徳妃が断ったお茶は、どれも——妊婦が飲んではならないもののはず。

しかし——まだ、つながらない。

月華殺しと皇帝殺害未遂の理由が、わからない。

「林杏は、皓皓党に関わっているの？」

「ええ」

集中が途切れる。右に左にと、躱す足が少しだけ乱れる。林杏はここぞとばかり、踏み込んできて翠蘭の胴体を剣で横薙ぎに斬りつけようとする。翠蘭のほうが背が高いし、身長差があるから、縦に振り下ろすより、横に斬りつけたくなるのだろう。

「徳妃さまのお腹には子がいるのね」

「そうよ」

「夏往に子を送りたくないから皇帝を殺そうとした？」

「ええ。なんでいまさらそんなことを聞くの。わかっていて調べてまわってたんじゃないの？」

「私が調べていたのは幽鬼よ」

――でも、私は、幽鬼だけを調べていたわけではない。

義宗帝はなにか別なものを探させ、捕まえようとして、自分では動けないから後宮に入ってきた新参者の昭儀に命じてあちこちを引っ掻きまわさせていた。

――幽鬼の正体を探って欲しい。そのうえで幽鬼をとらえるか、二度と現れぬようにしてもらいたい。

義宗帝が命じたのは正体探しだ。

「幽鬼は、死んだ月華よ。あの女、幽鬼のふりをして、冷宮と御花園(ぎょかえん)を行き来しているあいだに広漠とあたしの密談を聞いてしまったの。陛下に言うかどうしようかと思い悩んでいたのは、見ててわかった。だから、誰にも言わないうちに口封じをするしかなくなった」

勝ちを意識したのだろう。林杏の剣は、翠蘭を嬲るようなものに変わっていく。

「月華のあの遺書は、いつ用意したの？」

「前に手習いついでに月華に書いてもらったものをそのまま使ったわ。ちょうどいい詩を書いてもらっていたから、それで遠慮無く砒素を飲ませることができた」

「……そう。ここで私を殺して、どうするの？」

「どうって……」

林杏はずっと椅子の上で固まったような金の龍をちらりと見る。すぐ側で女たちが互いの剣を打ち鳴らして戦っているのに、止めようともしない。その場で動けず、震えている。

林杏が、馬鹿にしたように鼻を鳴らした。

「陛下はあなたに殺されることになっている。あなたが陛下を冷宮に呼び出して殺害し、そしてあたしはその現場を見て背後から隙をついてあなたを殺したって話で落ち着きそうね。陛下がいなくなったあと、皓皓党は、徳妃の腹の子を龍の命を授かった次代の皇帝の地位につける。もう夏往の属国などでなく、華封は、昔の華封を取り戻すの」

――皓皓党は、つまり反乱軍か。

そういえば徳妃の兄が軍に所属していると聞いた気がする。血気盛んな若い兵士たちとそれを束ねる隊長。後ろ盾としては、十分か。

聞きたいことは、聞けた気がする。これ以上のことを聞きたいならば、義宗帝の名の下に捕らえてしかるべき場所で尋問を受けるほうがいいのだろう。

だから——いままでよりずっとわかりやすい隙を作った。

「あんたみたいな、なんでも持ってる苦労知らずの女にあたしがやられるわけがないわ。ちゃらちゃらと剣を下げて、調子にのって」

林杏は案の定、その誘いに乗って、踏み込んだ。

そして翠蘭はこれまでのように、その剣に、布一枚を切り裂かせるのはやめにした。わざと剣を振り回させていたのだ。蝶のようにひらひらと舞う剣の遣い手の戦い方は美しいが、体力はそこまでないのはすぐにわかった。長くあちこちを逃げまわっていたら、追いかける林杏の息があがる。

単調な横からの攻撃を翠蘭はうってかわって剣でしっかりと受け止めた。刃を刃で受けると、剣が傷む。刃の横で受け、流すようにして力を削いでからはね返す。

林杏の手から剣が離れ、飛んでいった。

「……っ」

息をあげ、こちらを睨む林杏に翠蘭は笑う。

「残念ね。私、苦労知らずかもしれないけど、強いのよ。強さと苦労は関係ないわ。どれだけ努力したかと、もとの才能よ」

なんでも持ってはいない。けれど自分にとって大切なものだけを持っている。苦労だと思ってした苦労はない。けれど真の意味で苦労知らずならば、いま、翠蘭は後宮にはいない。

林杏は鬼の形相になって翠蘭の横をすり抜け、義宗帝に飛びかかった。

「ひっ」

悲鳴を上げ、逃げようとした金の龍と林杏のあいだに身体を割り入れる。剣の柄で林杏の腹を打つ。半身を折り曲げた状態で、林杏が椅子に手をのばす。

冕冠の玉がじゃらじゃらと揺れて——頭から落ちた。

「……陛下では……ない。おまえは……条恩」

林杏が呆然としてつぶやいた。椅子に座った条恩が震えながら何度もうなずく。

翠蘭はすかさず林杏の腕を摑んで背中へ回し、捻り上げる。

「ひっ……」

「あなたを捕らえるための罠なのに、まさか本気で陛下を餌にするとでも思ったの？ なにかあったらどうするのよ。そりゃあ私はたいていの相手には負けないつもりではあったけど」

林杏の腕に縄をかけ、縛る。

条恩は義宗帝と同じ背丈。条恩のほうが細いけれど手足の長さが同じであれば皇帝の衣装さえ身に纏えば夜目ならばごまかしがきく。冕冠をかぶれば、顔は見えない。

だから、条恩を身代わりにしろと言いだしたのは他ならぬ義宗帝その人である。

皇帝の命令を宦官と妃嬪が拒否できるものか。

――あの陛下は自分を犠牲にはしないのよ。

まだやることがあるからに死ぬわけにはいかないと、そう言った。

なにをするつもりなのかは、翠蘭には教える気はなさそうであった。

がくりとうなだれる林杏を引き立てて、冷宮の外に連れていく。逃げようとして身体を捻って暴れるが、林杏くらいならば押さえつけるのはたやすいことなのであった。

*

そうして一週間後――。

翠蘭はまた水晶宮（すいしょうきゅう）の東屋で、皇后のお茶を飲んでいる。

徳妃も貴妃もおらず、翠蘭と皇后のふたりきりだ。

結い上げた赤い髪には金剛石の髪飾り。緋色に孔雀の刺繍の上襦姿の皇后は実に華やかで、実に――怖い。

「あんな杜撰（ずさん）な計画をよく陛下が許可したものね。私が林杏だったら絶対に冷宮にいきやしないけど。それでもいってしまったんだから林杏は焦っていたんでしょうね」

焦っていたもなにも、どうやら皇后が林杏に対して「宦官に賄賂を渡して徳妃がなにかを隠そうとしていることは知っているぞ」と伝わるように陰で画策していたらしい。林杏にしかわからない場所に、賄賂についてほのめかす手紙を置いておいたり、林杏が広漢と密談をする夜に幽鬼を装って脅したり。

皓皓党の首謀者を炙りだすために泳がせていたところ、月華がまさかの巻き添えで死んでしまって、どう決着をつけるかを迷っていたとのことだった。

皇后はこのすべてを義宗帝にはひと言も伝えていなかったというのが驚きだ。

皇后は「夏往の国は陛下に皓皓党についての情報を与える必要がないと判断したから、私ひとりで動くしかなかったの」と言うのだけれど。

「それに——徳妃のお腹に子がいるかもしれないことを伝えたくなかったの。陛下は、子どもという存在に甘いから。私は、腹の子ごと、いざとなったら斬り捨てるつもりでいたんですもの」

うっすらと笑って皇后がそう告げた。口元は笑っているが、目は笑っていない。

皇后にとってはどの命も同じで、等しく、軽いもののようだった。

雪英が拾ってしまった袋に入っていた砒素は「月華の死の真相もわかっているぞ」と脅しをかけるために、林杏の目に触れさせる予定で皇后が持ち歩いていたのだそうだ。

『皓皓党に気をつけて』の文は月華が書いて、機を見つけて、義宗帝に渡すかどうかを迷っていたもののようである。月華の死後に彼女の部屋を探し、見つけて、切り札として自分の手元に留めておいたものだと教えてくれた。

——赤い髪の、先代の賢妃に似ていると言われた幽鬼は皇后だった。

皇后は、纏足であるということになっていて、後宮のなかを自分で歩いて回らない。しかし纏足に見えるように加工した沓を履いているだけで、実際の皇后は走り回れる丈夫な足の持ち主で——。

夜になると好き放題、暗躍していた。

しかし雨降りの夜に油断して足を捻ってしまって、林杏に見咎められそうになり慌てて逃げ帰ったとかで。

加工した沓が脱げてしまったのを、春紅に拾いに行かせた。

そのときにちょうど、貴妃が幽鬼を装った姿で、死んだ蝶を、茂みの奥に埋めて弔っていた。

春紅と雪英は貴妃を幽鬼と思い、慌てて逃げ帰った。

「あなたときたら詰めが甘いったらない。あなたが男だったら報告を受けてすぐに斬り捨ててしまったでしょうけど」

いや、それでいったら足を捻って脱げた沓を置きざりにして帰った皇后も、わりと詰めが甘いところがあるのでは。しかも重要な証拠品に脅しの種まで落としていったわけで。

たまたま翠蘭が入手できたからよかったものを、と。

　言い返したいけど、言い返せない。

「はい」

　翠蘭はうなずくのみである。気迫と気合いが桁違い。

　それに――言っていることは正しいのだ。

　皇后が来ると思って待っていて、仕掛けた罠に林杏が引っかかって、驚いて「誰」と問うとか。自分はとても馬鹿だった。

「ただ、残念なことにあなたは陛下の大事な妃嬪のひとり。子を腹に宿していない妃嬪は、すべて、私のものではなく陛下のためのもの。私の好きにはできないわ。生かしておいてあげる」

「……はい」

　義宗帝のものである「子を宿していない妃嬪」のひとり、貴妃は結局、死を纏うことはかなわなかった。翠蘭がなにもかもを明かしてしまったせいである。

　今回、不吉を呼び寄せたのは貴妃ではなく、徳妃だったのだ。

　林杏は裁判にかけられて、なにもかもをあらいざらい自白した。自白がなくても、条恩と翠蘭が林杏のしでかしたことを聞いてしまった。証人として裁判でも証言したが、それはあってないようなもの。

　徳妃が腹に子を宿していることを、皇后はすでに知っていた。

「子を宿した妃嬪は私のもの。夏往国に引き渡す。わざわざ調べるまでもなく、よく見ていればわかってしまうことですもの。あとはいつそれを尋ねるかどうかを思いあぐねていたところに——あなたが動きまわって——混乱したわ」

「はい。すみません」

「許す」

　許された。

　優雅に笑い花茶を注ぐ。湯がなくなったので片手を軽く掲げると、橋を渡って宮女たちがやって来た。湯に、菓子に、新しい茶葉に、新しい茶器にと次々と卓の上に置いていく。

　なにかの拍子で翠蘭の手に宮女のひとりの手が触れた。

「……きゃっ。昭儀さま」

「うん？　ごめん。ぶつかった。痛かった？」

「いえ。痛くなんてないです……あの……なんでもないですっ」

　頬を赤く染めて愛らしい様子で両手で頬を挟み、頭を下げて去っていく。

　東屋を出た橋のところで、宮女たちが立ち止まり、きゃあきゃあと声を上げて飛びはねている。賑やかなことだと目をすがめて見つめると、皇后がふっと片頰だけで笑った。

「後宮にはびこっていた幽鬼を祓い、御花園の池の呪いと、あなたは御花園の池の呪いと後宮にはびこっていた幽鬼を祓い、

「宮女たちのあいだでは、あなたは御花園の池の呪いと後宮にはびこっていた幽鬼を祓い、反乱軍を炙りだしてその計画を止めた尊い存在で、英雄よ。生きた伝説とまで言われはじめているの、ご存じ？　陛下よりあなたのほうがずっと素敵で男らしいとみんなが言っているわ」

皓皓党の党員たちは芋づる式に捕まえられ、誰も彼もが死罪となった。が、徳妃の兄だけまだ見つからない。

「とんでもない話です。私はなにひとつ祓ってもいないし、ただ右往左往していただけなのに。私など陛下の足もとにも及びません」

「ええ、そうよ。あなたは陛下の足もとにも及ばない。陛下は実は剣を持たせても強いのよ。私と打ち合っても五分五分で……そのうちに私のほうが負けるようになって。悔しかったわねぇ」

「え」

「なに驚いた顔をしているの？　前にも言ったけど夏往では女でも強ければ将軍になれるのよ。私も将軍を目指していたの。他に出世できる術がなかったし頭でのしあがるより武でのしあがるほうが向いていたから」

「え……？」

さらりととんでもないことを聞いている気がするのだが、聞き返せないで押し黙る。

「武力しかない私と比べて、夏往の国で暮らしていたときの陛下ときたら神童で有名だったのよ。なにをやらせても器用にこなして、とにかく飲み込みが早くてね。陛下にできないことなんて、なにひとつないのではと思わせた」

花茶の香りを吸い込んで、皇后が目を細め、つぶやいた。

「……でも私は知っているの。陛下は、みんなに見えないところでは木剣を毎日振っていたって」

「へぇ」

「華封の国の民は陛下のことをよく知らないし、知ろうともしない。自国の皇帝だというのに、どうしてかしら」

「さあ……どうしてでしょうね」

翠蘭としては自国の皇后のこともいまとてもよく知りたい気持ちになっている。皇帝も謎だが、皇后も謎が多すぎる。

翠蘭の返事に、皇后はまた片頬だけで笑ってみせた。

「ところで、あなた、陛下の命をきちんと成し遂げた？」

幽鬼の正体を探ることはできた。

象。月華。貴妃。皇后。

そのうえで幽鬼をとらえるか、二度と現れぬようにしてもらいたいという命令は、果たせたような、果たせていないような——。

象と皇后はこれからも幽鬼として夜歩きをしてまわるのでは？

それでも月華が自死ではなかったと知って、貴妃は号泣したから——それだけは翠蘭がやり遂げたことではあった。

終　章

慌ただしい春が過ぎ、そろそろ夏が来る。

強い風が土を運び吹きつける昼の御花園(ぎょかえん)――義宗帝は太監を連れて池の縁に立ち水面を覗き込んでいる。

「陛下、どうして陛下は輿をお使いにもならずそうやってまたおひとりで……。まだ皓皓党の残党が後宮にいる可能性もあるのですよ。なにかあったらどうするのですか。護衛になる者を誰か引き連れて……」

「ひとりでは、ない。そなたがいる」

帝の軍は、命を受け、皓皓党の残党を狩りだしに地方へと走っているのだが――南都の人びとはというととっくに反乱のことなど忘れ、自分たちの楽しみと利益を追いかけるのに忙しい。

流れた血は後宮の宮女と、反乱に荷担した兵たちだけ。

反乱は起きなかったのだ。それがすべてだ。

「もちろんいざというときは奴才が陛下のために我が身を差しだす覚悟はできておりますが……。それでもこの老体、盾になるくらいしかお役には立てません」

太監の言葉を義宗帝は聞き流す。

新たな鯉を放たれた池の水は澄んでいて、水面に浮かぶ蓮が涼しげな白い花を咲かせている。

「盾になどならぬともよい。私は龍の末裔である。簡単には死なぬ」

「はっ」

――龍の末裔なのだ。

義宗帝は池の水面からゆっくりと視線を上げていく。

その目に映っているのは、ひとりの宮女の姿であった。

「月華」

問いかける声を太監は黙って聞いている。太監には彼女の姿は見えていない。見えたことはない。見鬼の才がない者にはとらえられない姿だから。

幽鬼になってまで花蝶の命を果たそうとした。花蝶を後宮の外に出すために休むことなく土を運び続ける姿が哀れでならず、義宗帝は月華の心残りのひとつを叶えることにした。

飼っていた象に、土と腐敗物を運ばせて池に一気に放り捨てた。赤い泥炭が池の底に大量に沈み、呼吸ができなくなって鯉が死んだ。鯉を殺したのは月華でも花蝶でもなく義宗帝と象だ。

「よく尽くした。大儀であった」

――幽鬼となって後宮に残り、私に、花蝶を救ってくれと訴えてくれた。

見えるのだと言ってしまえば物事は簡単なのだろう。自分は龍の末裔である。見鬼の才もある。幽鬼の姿が目に映る。声を聞くことはできないが、月華が、夜毎、悲しげに土を運んで池に捨てる姿はずっと見えていたのだと。

しかし龍の力が発現していることは夏往国の王家に知られてはならないのだ。だから言えない。夏往は、華封の皇帝の龍の力を怖れている。

「花蝶はまだもうしばし後宮に残る。が、いずれ私が責任を持ってあれに自由を与えることを約束しよう。安心しろ。さあ、月華。空に還ることを許す」

皇帝の許可は、絶対的な命令でもある。

手を掲げ、つぶやく。

義宗帝の手から淡い金の光が放たれる。光は月華の姿の幽鬼を包み込み、ゆっくりと空にたちのぼる。

龍の形をとった金の光が月華を乗せて空の彼方へと消えていくのを、義宗帝は静かに見送った。

御花園の向こうでは女たちの笑い声が響いている。

午後のこの時間に花を愛でながらそぞろ歩いているのは、翠蘭だ。相変わらず着飾ることのない、男のなりで剣を下げている。彼女の右隣にいるのは司馬貴妃だ。いつのまにか貴妃は翠蘭になついたようである。たまに朝にふたりで連れだって剣の稽古をしていると報告を聞いている。

——互いに子どもだから気が合うのだろう。

水清宮の宮女たちも何名か後ろに付き従っている。左隣にいるのは皇后のところの宮女の春鈴と、それから翠蘭の宮女である明明だ。

「きゃっ。蜂が」

春鈴が悲鳴を上げた。

「ああ、じっとして。大丈夫、この蜂は怖くはないのですよ。よく見てみたらとても愛らしい顔をしている蜂なのです。静かにしていたら刺しません。きっとあなたを花と間違えたのでしょうね。あなたは美しいし、いい匂いがするから」

翠蘭の言葉に明明が目をつり上げているのがここからでもわかる。

「美しい光景だな」

義宗帝は、つぶやいた。

「はっ」

――後宮は皇帝に手折られるための花が集う場所だと夏往国で習ってきたが、実際の華封の後宮は、皇帝である私という花の蜜を巡って毒針を持つ蜂たちが争う場所だった。

義宗帝を殺そうとする者。

権力を奪い取ろうとする者。

「針など持たぬ美しいだけの蝶は、やはり、かわいいが――その蝶や蜂をついばむための鳥もこの庭にはよく訪れる。見ていて飽きることはないな、連英」

「はい」

「もうしばらくこの美しい景色を眺めていよう」

誰が蝶で――誰が蜂で――どこから鳥が飛んでくるのか。

自分は皇帝として、それを見極めねばならない。

そして――。

これこそが伝説として後世にまで語られる翠蘭という妃嬪と――翠蘭という男装の妃嬪に、終生、守られて尽くされることになった義宗帝という龍の末裔である皇帝の物語のはじまりなのであった。

主要参考文献

『東京夢華録―宋代の都市と生活』孟元老 著／入矢義高 梅原郁 訳注 東洋文庫

◆この作品はフィクションです。実在の人物、団体等には一切関係ありません。
◆本書は双葉文庫のために書き下ろされました。

双葉文庫

さ-48-01

後宮の男装妃、幽鬼を祓う

2021年11月14日　第1刷発行
2023年 5 月29日　第3刷発行

【著者】
佐々木禎子
©Teiko Sasaki 2021
【発行者】
箕浦克史
【発行所】
株式会社双葉社
〒162-8540 東京都新宿区東五軒町3番28号
[電話] 03-5261-4818(営業部)　03-5261-4833(編集部)
www.futabasha.co.jp(双葉社の書籍・コミックが買えます)
【印刷所】
中央精版印刷株式会社
【製本所】
中央精版印刷株式会社

【フォーマット・デザイン】
日下潤一

落丁・乱丁の場合は送料双葉社負担でお取り替えいたします。「製作部」宛にお送りください。ただし、古書店で購入したものについてはお取り替えできません。[電話] 03-5261-4822(製作部)

ISBN978-4-575-52515-1 C0193
Printed in Japan

双葉文庫